PEQUENA COREOGRAFIA DO ADEUS

ALINE BEI

Pequena coreografia do adeus

17ª reimpressão

Copyright © 2021 by Aline Bei

Grafia atualizada segundo o Acordo Ortográfico da Língua Portuguesa de 1990, que entrou em vigor no Brasil em 2009.

Capa
Julia Masagão

Imagem de capa
© The Easton Foundation/ AUTVIS, Brasil, 2021. Louise Bourgeois, *Etats modifiés*, 1992. Aquarela, grafite e esferográfica sobre papel, 48 cm × 60,5 cm.
Centre Pompidou, Paris.
Foto: © Jean-Claude Planchet — Centre Pompidou, MNAM-CCI/Dist. RMN-GP

Preparação
Ciça Caropreso

Revisão
Marise Leal
Camila Saraiva

Os personagens e as situações desta obra são reais apenas no universo da ficção; não se referem a pessoas e fatos concretos, e não emitem opinião sobre eles.

Dados Internacionais de Catalogação na Publicação (CIP)
(Câmara Brasileira do Livro, SP, Brasil)

Bei, Aline
    Pequena coreografia do adeus / Aline Bei. — 1ª ed. —
São Paulo : Companhia das Letras, 2021.

    ISBN 978-65-5921-041-1

    1. Romance brasileiro I. Título.

21-57408   CDD-B869.3

Índice para catálogo sistemático:
1. Romances : Literatura brasileira   B869.3

Cibele Maria Dias – Bibliotecária – CRB-8/9427

Todos os direitos desta edição reservados à
EDITORA SCHWARCZ S.A.
Rua Bandeira Paulista, 702, cj. 32
04532-002 — São Paulo — SP
Telefone: (11) 3707-3500
www.companhiadasletras.com.br
www.blogdacompanhia.com.br
facebook.com/companhiadasletras
instagram.com/companhiadasletras
twitter.com/cialetras

el que no anduvo su pasado/
no lo cavó/ no lo comió/ no sabe
el misterio que va a venir

Juan Gelman

*para todos aqueles que procuram uma
Casa dentro de casa
em especial aos que procuram
desesperadamente.*

Júlia

o vento que batia na praça era típico de fim de outono

e eu era uma menina

me despedindo

lentamente

da própria infância

brincando, mas sentindo

o peso da culpa por ainda brincar, o ideal seria

estar tomando um banho

com bucha

depois passar perfume

no corpo

pintar as unhas

para então me vestir como se fosse uma ocasião especial.

por isso eu brincava envergonhada, na testa uma lâmpada

iluminando

este aviso: *não era para você estar aqui*

já que meus pelos

involuntários

protegiam o lugar onde antes era só xixi e o leve formigamento

quando a pele encontrava a calcinha muito rente

isso gerava um

flutuar no meu corpo

e me fazia ter a dimensão do mistério que era aquele lugar.

nesse dia, na praça

eu estava com uma amiga do bairro.

a mãe dela que nos trouxe

de carro

agora lia um jornal enquanto nos esperava. ela era mais bonita do que a minha mãe

cheirava melhor também.

tinha um cheiro de

erva-doce despreocupado.

já minha mãe tinha cheiro de

banana sem casca

estragando, estava sempre ocupada com os afazeres domésticos

e com as demandas emocionais da própria existência.

de vez em quando, deixava eu sair para brincar com alguém.

isso se eu já tivesse secado a louça

e estendido a roupa

e assistido à sua fúria contra as injustiças que lhe eram dirigidas, resumindo:

quando minha mãe não precisava mais

de público, então eu podia sair

pra brincar.

foi o caso do dia na praça

e quando chegamos

minha amiga, a Tetê, queria montar uma cidade, trouxe

bola e energia nas mãos.

ela estava infantil de um jeito ridículo, muito acesa, se importando pouco com os meninos que passavam por nós. já eu estava mais introspectiva, queria brincar de vida íntima das bonecas, por isso me afastei um pouco

e enquanto a Tetê, toda Solta, fazia um grande castelo

no *Ar*

eu levantei timidamente

a minha boneca Nádia M

imaginei que era o dia do batismo dela.

eu não queria ser uma mãe como a minha, gostaria de ser mais parecida com a mãe da Tetê. por isso fiquei olhando o vento agraciar o cabelo da dona Sandra e também as folhas do seu jornal.

depois levantei o rosto

e deixei que o vento agraciasse

a minha vida

estava fazendo nascer

uma boa mãe

em mim.

depois eu apresentei
a minha filha Nádia M
aos anjos, quando
para a minha completa Surpresa
por entre os cabelos
loiros de náilon
eu Vi
do outro lado da praça

o meu Pai.

forcei os olhos, não é possível

ele caminhava
a dois palmos do chão.

parecia mais jovem também, quase um estudante
universitário, cheio de
sonhos e
mãos entrelaçadas com
uma Mulher vestida de ouro e cabelo curto.

não me movi, na verdade eu
mal conseguia respirar.

era como se eu tivesse levado um
    Tiro,

algo em mim desistia

e ainda que doesse a vida olhá-los tão etéreos

tudo o que eu queria era seguir olhando

o caminhar daqueles dois na calçada agora feita de areia
e sal.

continuei usando
o cabelo da Nádia M como escudo.

reparei que

a Mulher tinha sardas

no colo

e segurava a mão do meu pai, entrelaçada, tão bonita
quanto uma atriz de cinema.

— *Júlia, Júlia! olha o meu Castelo, olha!* — minha amiga
tagarelou.

— *Shiu.* — avisei, Imponente

eu era uma Espiã agora, será que ela não percebia?

foi quando o meu pai pegou na nuca da Mulher de sardas,

colocou a Boca lá.

os dois Sorriram

não sabia que meu pai tinha tantos dentes e

eu quis chamar
a Mulher de sardas
usaria a voz mais doce deste mundo, usaria
a minha ópera e a minha orquestra
e quando Ela finalmente se virasse
eu pediria, fazendo cara de cachorro triste: me Adote
hein, me Adote. ele é meu pai, então
você pode fazer isso sem medo.

foi quando Eles atravessaram
a rua como se
Dançassem

sumiram ensolarados

eu invisível

mas

pra mim eles ficaram
duas estátuas no meio da praça: uma mulher de beleza
cinematográfica
e
um homem feliz que era meu pai sempre triste quando
estava ao meu lado

eu quis correr
atrás deles

matá-los com meu hálito de fogo

mastigar
aquela felicidade

manter do meu pai apenas o rosto e depois obrigá-lo a
dizer eu te amo anda, diga eu/te/amo.

antes disso, ele responderia: antes você precisa tirar esse
olho igual ao da tua mãe.

pois eu Tiraria

tudo o que é minha mãe em mim, e agora? Pai. agora eu
sirvo pra você?

soltei a Nádia M

no chão da praça, a cabeça caiu do pescoço e eu Pisei
também nas formigas
que levavam folhas sabe-se lá pra onde enquanto a Morte
fervia na sola dos meus pés.
comecei a brincar Forte
com a bola que a minha amiga trouxe.

— *ei, Júlia. desse jeito você estraga, para. tá me escutando? Para!*

parti
pra cima dela

— *você não cala a boca* (soco) *não cala essa boca* (soco)

a dona Sandra correu pra nos Separar.

tinha a expressão de um diabo no rosto (ficou ainda mais bonita daquele jeito)

me jogou
pra dentro do fusca
berrou
que teria uma conversa Séria com a minha mãe.

— *que absurdo.* — ela chorava dando partida. — *isso é um Absurdo!*

minha amiga de boca sangrando
no banco da frente
a mãe da minha amiga sangrando de raiva no banco da frente

eu também sangraria
em breve
quando a minha mãe tirasse a Cinta
do armário.

as surras que eu levava

eram as surras que a minha mãe levou

em looping

na minha pele, na pele dos filhos que ainda não tenho.

é o que chamam de carma ou: carregar uma pedra

involuntária no coração.

— (passando a mão no cabelo da filha) *você tá bem, Tetê? tá doendo muito?*

e ainda que eu caísse de um tobogã altíssimo

ninguém passaria a mão no meu cabelo daquele jeito.

— *tá tudo bem, mãe, foi só um susto.*

É.   foi só um susto, pensei

enquanto as duas sorriam uma pra outra

e por incrível que pareça, meu ato

tinha fortalecido ainda mais aquela relação.

sabe, Pai

te ver andando com aquela Mulher na praça

me fez entender

que você saiu de casa porque a nossa casa

ou seja a Mãe

era um lugar inóspito para você derramar o seu amor

uma terra infértil, não chove

pelo contrário, o sol torra cada pedaço de vida de um jeito
que não sobra nada no horizonte e ainda assim

eu nasci.

chegamos na porta da minha casa, Infelizmente.

antes, quando a dona Sandra me enfiou no carro, percebi
que o jornal tinha ficado na praça, provavelmente

no banco, com as folhas voando ou

querendo voar.

eu ia avisá-la, mas

a voz

não saiu da boca, foi ali que o meu ato

começou a pesar em mim.

dizem que isso é o pior, não é? quando alguém comete
um crime.

não o cárcere

ou o exílio

mas o encontro

com a própria consciência.

a mãe da minha ex-amiga saiu do carro.

saí também, as pernas
magríssimas, os joelhos
ossudos tentando
se esconder.
mas não tem volta, você é o meu corpo
e nós estamos juntos
nessa
e em todas, enquanto eu viver.

a dona Sandra tocou a campainha da minha casa
repetidas vezes
em um curto espaço de tempo.

minha Mãe atendeu secando a mão no avental.
tinha essa mania insuportável
de usar avental ininterruptamente
mesmo que estivesse vendo televisão.

Ela ouviu
imóvel

tudo o que aquela mulher tinha a lhe dizer sobre o meu
Comportamento na praça, nenhuma das duas me
dirigiu qualquer olhar.
procurei algum refúgio
no rosto da minha ex-amiga
que estava dentro do carro

protegida pelo vidro
e ela tampouco me olhou.

quando a dona Sandra terminou o seu discurso
foi embora falando sozinha, pensei que talvez estivesse
praguejando.

entrou no carro, deu um abraço na Filha.
acelerou o fusca

e a rua ficou
em Silêncio, alheia a tudo.

entramos em casa, Infelizmente.

os Passos

pesados da minha mãe, uma mulher pequena, mas

Sisuda, me corroíam por dentro.
ela costumava falar muito, especialmente quando Brava,
mas nesse dia se calou.

me deixou sozinha na sala por eternos minutos

ouvi
o barulho do fogão ligando

e pensei que ela esquentaria uma panela de água pra me
queimar.

quando voltou somente com a Cinta
eu fiquei
bem mais calma
que bom
que vai ser o de sempre

e Foi,

um pouco mais longo que o normal. ela também me disse
que essa história de sair pra brincar tinha terminado
até porque eu já era uma moça
estava na hora de assumir algumas responsabilidades

— *isto aqui não é hotel.*

e enquanto ela falava
eu percebi que o meu coração
estava   longe
naquele dia, estranhamente
a Violência dela não me alcançou.
talvez porque
enquanto eu apanhava
e depois escutava
o sermão

reconheci na minha garganta
um formato
de semente
dentro a notícia
que ventou na praça: o pai tem Outra
(e que Outra!)
eis o grito
que não dei
mas poderia, pela primeira vez eu tinha algo nas mãos.

Anos depois.

encontrei ao acaso
a Mulher de sardas
em frente a uma floricultura.
dei a volta
no quarteirão, correndo e
fingi trombar
com ela:

— *Desculpa* — pedi olhando Bem para o seu rosto
que agora me parecia tão comum quanto um pedaço de pão.
as sardas
alargadas pelo Tempo
tinham um quê de mancha senil da morte
enquanto ela recolhia

da calçada
o que lhe caiu
da bolsa
inclusive um frasco
de perfume,

e eu?

como recolheria meus cacos se eles são invisíveis?

---

eu admirava a vida das outras pessoas, assistia ao movimento da rua pela janela do meu quarto, via

o porta-malas de um carro aberto

enquanto um sol nem forte nem fraco brilhava no céu

e a montanha esperava aquelas pessoas, pacientemente, a montanha ou talvez o mar.

os cachorrinhos latiam, quero ir também, por favor.

não pode, os donos avisavam

sempre de bom humor, é claro, afinal os seus natais e aniversários davam certo, havia bolo, liberdade e tudo fluía, o trânsito, as flores, o tempo.

da janela do meu quarto, eu encontrava algo de valioso na vida de toda e qualquer pessoa, revirava o passante

em Silêncio

analisando

cada gesto e cada porte, sempre à procura do brilho fundamental.

me sentia poderosa fazendo isso, dona

de um segredo secular.

outra coisa divertida aos meus olhos era a Música

e quando não estava tocando nenhuma

eu imaginava

uma melodia deslizante

pelos móveis.

sem canto, só nota

igual àquela que saía do caminhão de gás, deixando a rua
mais bonita por alguns instantes e depois

saudosamente bonita, quando o caminhão acabava de
passar.

eu gostava Tanto de música.

comecei a criar

trilhas imaginárias, se a minha mãe estivesse Brava, por
exemplo, eu montava algo com orquestra. agora, se a
fogueira materna estivesse mansa, então eu adormecia

nas cordas de um violão.

comecei também a colocar

coisas minhas

no papel

inspirada por Lupita, uma personagem da novela

que adorava deitar na cama

e derramar nas folhas

o dia agradável que tinha vivido

ainda por cima usava

uma tiara vermelha pra escrever.

que ótima ideia, pensei.

isso deve esvaziar a mente, deve ser como
jogar um balde
de água suja
no ralo do quintal.

peguei um caderno
que sobrou do ano passado, abri meu estojo.
pensei um pouco
mordendo a caneta, depois sentindo
o cheiro da minha saliva.
então decidi começar me apresentando, achei que seria
mesmo o melhor caminho.

Querido diário,

Eu me chamo Júlia Manjuba Terra e não acredito no amor. Se eu pudesse escolher, gostaria de me transformar em uma música, porque além de bonita ela desaparece quando alguém desliga o rádio. Eu também poderia ser qualquer pessoa aqui da rua ou da minha escola. Mas acho que prefiro mesmo ser a música, esse negócio de sumir por um tempo deve ser o máximo.

travei

nessa frase

senti que estava faltando alguma coisa.

foi quando me lembrei

da tiara xadrez que ganhei do meu pai.

não era vermelha

mas tinha vermelho, então

devia servir.

abri a gaveta.

coloquei a tiara

cuidadosamente me olhando no espelho.

recomecei:

Aqui em casa a gente não se abraça, então quando a professora Cláudia me abraçou, porque eu ajudei a carregar os livros até a sala, eu senti um negócio no pescoço, uma vontade de dormir.

Preciso te contar um segredo, querido diário. Eu gosto de ficar olhando as pessoas que passam na rua, elas são boas e sortudas, já eu não sou grande coisa, nem meus pais. Principalmente a minha mãe, meu pai até que é bom em arrumar namoradas bonitas. De domingo, ele aparece aqui em casa, pra me ver. Me pega de carro e a gente vai passear, ou fica na casa dele mesmo, que é bem melhor do que aqui. Meu pai nunca me bateu. Quer dizer, só uma vez. Mas eu estava irritante, imitando os movimentos de um polvo.

Às vezes, eu sinto pena da minha mãe. Todo lugar que eu vou, as pessoas falam que eu sou a cara dela. É um saco, eu fico com vontade de chutar a boca de quem diz isso. Queria ser mais parecida com o meu pai, ele não tem a raiva que a minha mãe tem nos olhos. O que me deixa triste é que meu pai me abandona muito. A minha mãe ele abandonou de uma vez, mas comigo é pior, ele fica me abandonando devagar. Um dia eu vou fugir desta casa pra sempre. E vou levar o rádio comigo, vou levar você também. Quero morar no campo, girar e girar na grama. Até cansar, e depois dormir.

fechei o caderno.

me larguei na cama como se a cama fosse uma plantação de girassóis.

imaginei um Sol nem forte nem fraco iluminando o meu rosto

fiquei ali,

abandonada por um tempo

os cachorros da rua latiram, deve ter passado alguém.

guardei a tiara na gaveta.

fiz uma massagem atrás da orelha que doía pela pressão do arco, com a menstruação a minha cabeça ficou cheia

de coisas e
Cresceu.

me olhei no espelho, pós-massagem.

cheguei mais perto
da minha imagem
abri a boca e fiz
movimentos de
língua, os olhos abertos, um tremorzinho que deu
nas costas, meu riso ecoou
pelo quarto
bateu na parede
caiu.

então eu limpei
o espelho

ele me olhou de volta, Prateado.

não se apaixone por mim, Ordenei.

quando cheguei na cozinha, minha mãe perguntou o que eu estava fazendo *de tão interminável* no andar de cima.

— *lição* — menti

e isso nunca me queimou por dentro, já naquela época eu sabia que mentir era um direito

básico

à fabulação

que eu usufruía

quase sem

culpa

pra conseguir ser um pouco mais livre.

comecei a colocar a mesa

sem barulho

minha mãe odiava os meus barulhos.

— (mexendo a panela) *não sei se a massa ficou boa.*

não deve ter ficado

o fato é que

eu nunca gostei da nossa hora de comer.

tudo o que a minha mãe preparava

de alguma forma carregava o seu espírito, eu já não
gostava quando meu pai morava aqui com a gente

agora que ele se foi o gosto só piorou.

— (desligando o fogo) *passa os pratos.*

Obedeci.

ela sempre me servia uma quantidade grande

de comida

muito mais

do que eu precisava.

sentei na mesa educadamente.

— *agradece o papai do céu.*

fingi agradecer movendo a boca, mas

por dentro eu era toda silêncio.

— *tira a mão da cabeça.*

ela sentou.

— *ouviu, Júlia? tira a mão da cabeça. vai cair cabelo no prato.*

— *é que a minha olheira tá doendo.*

— (rindo) *você quis dizer orelha.*

— (mexendo) *sim.*

ela ligou a TV.

estava passando a novela das oito, um saco, eu só gostava da novela da Lupita.

melhor seria jantar com Música

e trocar

a minha mãe pelo meu pai.

na TV, a Dora estava chorando no sofá depois de uma briga com a vizinha, aquilo parecia bem real. ela era tão velha que

parou

de ter ruga, não havia mais espaço

no rosto

para o tanto de tempo que já passou.

— *Mãe.*

— *hum?*

— *será que a senhora poderia não puxar a minha orelha da próxima vez que a gente brigar?* (já arrependida de ter começado essa conversa) *é que a minha cabeça tá crescendo.*

ela se virou pra mim. não consegui decifrar a sua expressão.

— *mas se não der não tem problema. de verdade, mã. pode fazer como a senhora preferir.*
— *Come, Júlia.*

(barulho baixo de talher no prato)

quando terminei ela mandou eu escovar os dentes, prender o cabelo, colocar o pijama de listras (eu odiava o de listras) que estava na terceira gaveta da cômoda
Cumpri
toda a nossa rotina
e então fiquei esperando
debaixo das cobertas
minha mãe subir pra me desejar bons sonhos
da porta, só com o olhar.

acordei sentindo frio e logo entendi por quê.

a minha mãe não veio

visitar a minha porta, o que será que aconteceu?

desci as escadas.

a casa estava escura, mas a tv da cozinha permanecia
ligada.

] Espiei da sala,

minha mãe na mesa

também os pratos

o meu vazio, o dela

cheio

e uma garrafa

de vinho branco, o mesmo que ela usava para temperar
as carnes.

será que ela dormia?

descobri que não quando mexeu o braço.

] fiquei Escondida,

assistindo ao filme de explosão, correria e sangue

a que ela estava assistindo.

quando o sono voltou a me pesar nas pálpebras

eu subi

de novo pra cama

fiquei com medo de dormir ali, no tapete, e ser descoberta na manhã seguinte, apanhar outra vez. eu estava muito cansada de toda a dinâmica. me enfiei debaixo das cobertas, era uma noite realmente fria, será que tudo isso tinha a ver com o fato de eu ter me tornado uma mulher?

acabei pegando rápido

no sono, estava mesmo

bem Cansada, será que eu não amava mais

a minha mãe?

foi então que o inesperado aconteceu: na manhã seguinte

e na outra

e na outra

a minha mãe não me bateu.

fiquei na expectativa

do tapa/da cinta

a angústia/da espera

mas

a minha mãe não me bateu.

testei a sua paciência:

andei livremente pela casa;

não fiz a lição de geografia;

usei o mesmo uniforme duas

três vezes;

sequei a louça na hora que me deu na telha e Nada,
nenhum movimento

em direção ao meu corpo.

no sábado,

acordei com um barulho de vassoura.

abri uma fresta da janela

e vi a minha mãe lavando a calçada

Assoviando

uma música que eu não conhecia.

fiquei ali por alguns minutos.

depois fui
até o seu Quarto

abri devagar
a porta do armário
que rangeu.

morei brevemente
entre as roupas
respirando lã
com dificuldade,

Sensação parecida com o abraço da professora Cláudia, escrevi
no diário dias depois.

---

as coisas não eram mais fáceis quando meu pai morava com a gente.

um dia, estávamos nós três sentados no sofá

assistindo a um jogo da copa, Brasil x Argentina

e eu disse:

— *quando a Natasha, uma garota do colégio, faz algo errado*

a mãe dela não bate

apenas conversa

mostrando onde está

o erro

dando exemplos

até mesmo da própria vida

e por tudo isso a Natasha é uma menina calma quando derruba
o pote de tinta na aula de artes, quando

falta uma estrela no seu boletim, ela não sente medo

de voltar pra casa

bate o Sino e a Natasha guarda

os cadernos, fecha o zíper, dá tchau

e atravessava o pátio

sempre à procura da Mãe.

Sorri, quando encontra.

recebe de volta um doce lábio
na bochecha
às vezes até um pirulito ou pedaço de bolo que a mãe traz de
casa
e assim elas seguem
pela rua tranquilamente
tranquilamente, entende?

meu pai deixou escapar um risinho nervoso.

então a minha mãe se levantou do sofá
pegou
o primeiro objeto que viu na frente e

    Lançou

                na nossa direção: o Estrondo

e o gol
(da Argentina)
aconteceram juntos

ainda bem que conseguimos abaixar a cabeça.

meu pai gritou que aquilo era o fim do mundo, *você quer nos Matar?*

enquanto eu olhava

para o cinzeiro

que espatifado daquele jeito ficou parecendo um Mapa.

talvez ali

eu e o meu pai encontrássemos

uma saída

por isso fiquei puxando

a blusa dele, mas

ele não se virou.

estava concentrado

na discussão

com a Mãe

que tinha uma energia impressionante quando Brava, seu corpo marchava ao mesmo tempo que fluía

ocupando

cada canto da nossa casa com gestos abruptos, ritmados, as paredes iam rachando conforme Ela passava

e tudo cedia aos seus gritos de que estávamos sempre errados, que éramos uns tortos, uns ingratos, que nada nunca estava bom ou limpo o suficiente, Ela derramava

o seu óleo de insatisfação

pelos cômodos

formando um longo tapete

de Dor e Glória.

o rosto da minha Mãe em Fúria impressionava

até mesmo nós dois, que já estávamos bem acostumados

com a Tempestade, a boca

siderava, os olhos se tornavam uma mistura improvável
de água com fogo, uma verdadeira Rainha

de um pequeno país em guerra que era o seu corpo não
amado

ou nunca amado do jeito que ela Gostaria.

depois que a minha mãe despejava todo o seu coração
pela boca, a casa vivia um breve período de paz.

feito um jovem ator que não sabe

o que fazer com as mãos quando está em cena

eu também não sabia

o que fazer com o corpo

quando me sentia assim,   *livre*.

nesses sábados de

paz

meu pai e ela se trancavam no quarto por algumas horas
e a Casa me parecia imensa, os móveis tímidos.

eu descia pra garagem e ficava olhando

a cortina deles

dançar/escapando

do que via

depois voltava

a ver

e então escapava
de novo

eu podia farejar
o afeto que não me era dirigido a mil metros de distância
esse então/repentino
me Ofendia

ontem mesmo vocês estavam berrando
um com o outro
e agora estão
no quarto
fazendo Deus sabe o quê.

será que sou a única sã desta casa?
ah, o peso!
de ser a
Única, pois

eu me deitava
no tapete da sala

desenhava em sulfite
sempre o mesmo menino, o meu irmão.

gostava de descansar

na suavidade de seu rosto

mas quando os meus pais saíam

do quarto

eu mandava ele sumir

feito música

e como ardia em mim essa vontade de ter uma criança
por perto.

tanto que

na escola, durante o intervalo

eu me sentava no pátio à procura de alguém

que tivesse o tamanho certo, afinal

a criança precisava caber na minha mochila

para que eu pudesse levá-la pra casa sem alarde.

uma vez até tentei fazer isso

mas o menino

que era uma graça, de perninhas rechonchudas

fugiu de mim, corria

feito um lobo

— *você tem motor no pé?* — perguntei mais tarde.

e ele:

— *não, apenas percebi que você era Má.*

---

quando meus pais finalmente saíam do quarto, a porta
aberta atrás dos ombros, a colcha bem esticada e até mais
lisa do que antes, os dois estavam de bom humor.

minha mãe ficava assoviando pelos cômodos

eu tocava uma gaita imaginária, para acompanhá-la

ela sorria
na minha direção, mas

não era para mim, era para o modo como estava se
sentindo.

depois ela fechava
as janelas da casa
gostava de deixar tudo baixo e bem controlado diante de
suas vistas
enquanto a Noite se estendia
pela alma da cidade
ainda bem que existe a luz elétrica, ela devia pensar.

acendia

o grande abajur da sala

ligava o ferro, abria a tábua

voltava aos poucos

às suas funções habituais.

lembra, mãe?

quando a senhora entrou no meu banho

e me chamou de *suja* porque a minha calcinha estava
amarela do corrimento que eu comecei a ter?

a senhora não me levou no médico

preferiu me bater

e deu certo

o corrimento parou

na mesma hora

eu sentia medo até do meu sangue, *o que está acontecendo,
mãe, é definitivo?*

— *reza, reza que passa.*

depois a senhora me deu um roupão.

— *agora que você virou mulher, ninguém mais pode ver o seu
corpo saindo do banho.*

e eu te agradeci, a senhora lembra?

agradeci

pensando que compreenderia algo importante sobre a
vida

ao me cobrir, me fechar

exatamente como a senhora tem feito com a casa

quando há qualquer vestígio

de Luz.

meu pai dava bem menos importância ao que acontecia nas
tardes de sábado.

se notava pelo rosto que gostava, claro
melhor do que brigar o tempo todo.

saía do quarto, pegava uma cerveja
sentava
de Pernas cruzadas no sofá.

ligava a TV e a tela explodia

em um jogo de futebol
ou notícias, mas
a cabeça dele estava longe dali
e as Pernas
ah!, as Pernas do meu pai sempre foram
magníficas, de alguém que praticou esporte
por toda vida.
ele sabia disso.

carregava com peito de pombo

essa sua

vitalidade inerente.

em casa, por exemplo, só usava shorts

sem jamais se importar com a temperatura do lado
de fora

ou mesmo se constranger

comigo e com a minha mãe, ambas agasalhadíssimas.

são fracas, eu podia ler em seus olhos

e nesses momentos eu tinha vontade de

arrancar

a minha roupa

queimar cobertores

na grande floresta, sou forte!, veja

como eu sou forte, Pai.

---

minha mãe sempre dizia

que apesar de toda a sua

extravagância

ela ainda conseguia ser melhor do que muita mãe por aí.

— *não é verdade, Sérgio?* — ela perguntava ao meu pai

enquanto forçava o ferro

na camisa.

ele quase não respondia

de tanto que demorava pra responder.

estava vendo

cada vez mais

televisão

e nos últimos dias de casamento: o sofá virou a casa dele

dentro da casa Dela.

quando o divórcio chegou, finalmente

algo se rompeu

também em mim.

aos poucos fui percebendo

que nenhuma relação que eu estabelecesse no futuro

viria sem esta conta

da quebra

da inocência, quando as pessoas se casam elas não ficam
juntas para todo o sempre?

então não há segurança

com nada e com ninguém?

ao longo dos anos

e por trás de cada relação que eu estabelecesse

me assombrava a certeza de que

as pessoas

se Abandonam

muitas nem se amam, se casam por medo

da Solidão e

têm filhos

pelos mesmos motivos.

— *sim* — meu pai respondia

dando um gole na cerveja. — *sua mãe mesmo, Vera.*

(vapor de ferro)

quando meu pai fosse embora, eu sentaria naquele sofá incontáveis vezes

apoiaria meu copo d'água

na sombra do seu copo de cerveja.

— *não me lembro da vó ser assim tão terrível* — comentei.

— *você mal a conheceu.*

e isso era verdade

a minha mãe e a minha avó ficaram anos sem se falar.

me lembro de uma tarde

quando o telefone tocou

com a notícia da morte dela

e me lembro do abraço

sem jeito

que meus pais se deram, a casa ficou em silêncio até de noite.

não fomos ao enterro.

minha mãe não derramou uma lágrima, pelo menos não na minha frente.

no entanto, dias depois

ela me contou do meu avô sem eu pedir.

disse que ele era um cantor de música da terra

estava de passagem por Ribeira Grande

conheceu a minha vó durante uma apresentação.

eles ficaram juntos

e ao que parece nesses dias ela flutuou.

quando ele foi embora, praticamente um cantor de circo

e também gostava da estrada, era do tipo que jamais
viveria em uma cidade única, ele Deixou

a minha mãe dentro da minha vó absolutamente devasta-
da.

antes de conhecer o tal cantor

ela era uma mulher bonita

adorava festas

além de ser uma dançarina nata, movia o corpo em
ângulos surpreendentes, autorais. as pessoas

deixavam flores em sua calçada

ela abria o portão e:

era como se tivesse se apresentado

com sucesso

no Teatro.

quando ela engravidou do forasteiro

sentiu que a cidade lhe virou as costas

foi deserdada

e passou bastante dificuldade.

trabalhou como doméstica, boleira, depois

Costureira, e até o fim da vida.

guardo dela o cheiro

de um vestido que ela usava

quando me pegou no colo certa vez.

era de malha fria e aquele abraço me acolheu como só
deitar na grama fez por mim anos depois.

mais adiante, procurei o afago em algumas lojas de tecido

mas nenhum tinha o pano tão fresco

e em todos faltava a pele da minha vó.

por anos sonhei com a cena do seu velório: no grande
salão da morte

o corpo solitário da minha desconhecida

e talvez por isso tão querida avó (o que eu amava era o
Mistério, era a possibilidade de, caso tivéssemos nos
conhecido, ser bom)

é uma pena

que a maioria das nossas avós

vão embora antes de virarmos pessoas que sabem
aproveitar uma conversa.

— *por que vocês brigavam tanto?*

minha mãe respondia que aquele não era assunto de
criança

e quando eu cresci um pouco

ela respondia que não era briga, era

Desengano.

— *imagine um gato e um rato morando na mesma casa.*

eu perguntava quem era o rato

e quem era o gato

então ela se aborrecia

comigo

não gostava de perguntas enfileiradas

encerrava o assunto

me mandando lavar louça

ou

qualquer coisa que me fizesse sumir

por algumas horas

para que ela pudesse, enfim, pensar.

---

as brigas dos meus pais foram virando o chão onde nós
pisávamos.

o silêncio da casa era sempre uma fermentação

para o que viria

e até mais angustiante

do que os gritos quando tudo estourava

geralmente por ciúmes

quando meu pai chegava tarde

e nos últimos dias

de casamento

não havia mais Nada além de

ameaça/soco

na mesa/porta

batendo

me acostumei

a dormir por cima disso, ou não dormiria nunca mais.

me sentia um verdadeiro Pêndulo: ora caminhando
solenemente para a presença materna, ora fugindo

de qualquer possibilidade de mãe.

ora correndo

para o pequeno afeto que o meu pai me dava

ora odiando o fato

de tê-lo

em casa, fechando os olhos

toda vez que ele se aproximava de mim.

nessa época, minha mãe começou a me bater com mais frequência

e o que me intrigava

eram os finais

abruptos/

começou a faltar

na dona Vera

um poder de encerramento.

ela parava de me bater e

eu simplesmente não sabia se ela estava descansando

ou se já tinha terminado

o ideal seria perguntar, mas
quem se arriscaria?

então eu esperava
com as calças arriadas

e quando sentia um frescor
na pele, uma corrente
de vento

eu lia isso como um sinal.

levantava da surra
me trancava
no banheiro
passava o dedo
por dentro da bunda bem no meio e

cheirava, cheirava até o medo passar.

— *a sua vó era pior do que eu, Júlia.*

mas o que a minha mãe não entendia é que ser menos
pior ainda era muito pouco, nós precisávamos de uma
mudança radical

e pra isso ela não teve forças, a dona Vera nunca soube como se levantar do que lhe acontecia.

era vaidosa

a ponto de não acreditar que aquilo estava acontecendo justamente com ela

nutria essa sensação de

incredulidade permanente

e nunca conseguiu ou quis sair desse lugar.

abri os olhos e estranhei o Silêncio que fazia na casa.

não era o de sempre, fermentado

era um muito puro, do tipo que se fazia no mato ou até no corpo

de um cavalo adormecido.

afastei as cobertas, levantei da cama

fui descendo

as escadas

— *Mãe?*

— *saiu, Júlia* — meu pai respondeu, ele estava de frente pra janela olhando a Rua.

— *aonde ela foi?*

— (se virando) *no mercado.*

— *e por que não me levou?* — ela sempre me levava, pra ajudar.

— *você estava dormindo.*

isso nunca foi motivo

       luz da manhã dourando os móveis,

                              Traição.

meu pai percebeu o meu abandono.

se abaixou pra ficar da minha altura.

— *vamos tomar café juntos, que tal?*

fiquei olhando pra ele, a sua expressão era doce, então

eu concordei

não sem antes pegar a Nádia M

esquecida

no sofá.

meu pai bateu um suco de maracujá pra gente, fez pão na chapa com uma destreza que eu nunca tinha visto.

— (bebendo/comendo) *humm.*

— *tá gostoso, filha?*

— *Muito* — eu disse fazendo cara de inteligente.

tomamos o nosso café sem pressa. ele me perguntou como andavam as coisas no colégio.

— *estou de férias.*

— *antes disso.*

— *ah, legal.* (enrolando o cabelo) *só a professora de português, ela quer que eu* (virando os olhos) *melhore a minha letra. mas eu vou superbem nas provas, e o que importa é a resposta certa, não é pai?*

ele disse que era,   sim

e depois que terminamos de comer

meu pai pediu pra eu ir tomar banho.

— *pode ser com a Nádia M?*

— *quem?*

— (levantando a boneca) *a Nádia M.*

— *pode, mas vê se não demora muito.*

levantei o polegar concordando e

não sei o que me deu, uma coragem, Abracei o meu pai como há muito eu não fazia.

depois subi as escadas

correndo

tirei a roupa entrei no banho

bem rápido, pon pon pon!, igual ele pediu.

me sequei, vesti um shorts verde-musgo

combinando com a blusa toda preta

na Nádia M eu coloquei um vestido.

cheirosas nós

descemos as escadas

daquela casa que

era outra sem a minha mãe.

— *me penteia?* — pedi, entregando a escova para o meu pai

não sei de onde vinha tanta coragem

mas ele colocou o jornal de lado

e assentiu.

sentei no seu colo: a escovação começou b e m devagar.
não resisti por muito tempo e

fechei   os olhos

vrau, vrau, vrau   da escova/uma valsa

era como se a minha cabeça tivesse caído nas mãos dele.

nosso dia passou feito garoa umedecendo a rua.

almoçamos omelete vendo um desenho na TV.

— *e pode?*

— *o quê?*

— *comer fora da mesa?*

ele sorriu.

de tarde montamos

um quebra-cabeça

depois tiramos um cochilo no sofá.

minha mãe ficou no mercado

até de noite e juro que não seria má ideia se ela morasse mesmo por lá.

eu já estava debaixo das cobertas quando ela voltou.

senti a mudança de temperatura

na casa, senti

a sua presença na minha porta

e no dia seguinte

de manhã bem cedo

meu pai foi

Embora

sem bagagem, nada, apenas disse para a minha mãe:

— *ninguém te aguenta.*

ela tentou segurá-lo

estava de pijama e o pijama lhe revelou um Seio

— *você não tem o direito!* — o bico do peito um olho
desesperado

a Nádia M sem roupa

no canto da sala

meu pai disse que tinha o direito sim, todos, e mandou a minha mãe para o inferno

mas na verdade quem foi para o inferno, pai?

eu

depois que saiu de casa, meu pai começou a cultivar no
rosto a máscara do homem mais jovem que imaginou
pra si.

muita gente acreditava

na tal máscara

me diziam: *seu pai é bonito, quanta vitalidade.*

pois eu revirava

os olhos

pensando puxe a máscara, anda, puxe!

e você verá

que o verdadeiro pai não passa de um exausto arrependido

de um dia ter dito sim

para a mulher que me colocou no mundo.

é com essa máscara que ele tem se escondido

do Tempo

que perdeu comigo, com a minha mãe.

eu quase gostava mais dele quando morávamos na
mesma casa.

a dor, o cansaço

de certa forma nos uniam.

depois do divórcio, ele

foi virando essa pessoa

que passava algumas horas comigo

o que era bom, claro

mas eu sentia o amor escorrer pelos meus dedos, era como
se o meu pai tivesse sido descoberto

pelo mundo

foi se transformando aos poucos

no sujeito que eu encontrava por acaso na rua

de braços dados com uma mulher vestida de ouro

e com outras

tantas mulheres

que imaginei lhe darem a mão.

com nenhuma delas

ele era distante

ou frio

o que me fez entender que o problema

era a nossa casa.

escrevi no diário:

Quem é o meu pai?

É normal a gente desconhecer as pessoas que a gente achava que conhecia?

o que me rasgava por dentro

era perceber que agora

meu pai olhava para as coisas sempre de cima

nada lhe parecia bom o suficiente

por isso ele trocou a cerveja

por uísque, comprou roupas

e quando eu lhe perguntava o que estava acontecendo

ele me respondia que era um homem Livre.

---

em casa

minha mãe arrastava as suas dores como um Manto

ao mesmo tempo que marchava

seu velho soldado

era ele quem lhe causava uma falsa sensação de controle

enquanto o Manto emanava uma áura de respeito

como se dissesse: não se aproxime, sou uma ilha, sou

A Mulher que Sofreu.

a verdade é que

ela nunca se levantou totalmente depois que meu pai se foi.
começou a me cobrar

a *responsabilidade*

não só de ser uma filha exemplar, mas também um pequeno
marido.

a única parte boa

nisso tudo

é que

por medo

da Solidão

ela começou a abrir
um espaço
pra mim
em sua Cama, pois

eu   *Ia*

passava perfume
depois arrastava
o meu travesseiro
até o seu Quarto e

conforme a Noite crepitava

algo bonito e inexplicável acontecia com a minha mãe: de
olhos semicerrados
ela sussurrava
pra mim: *ainda bem que eu tenho você, meu amor.*

— meu amor? Mãe. a senhora me chamou de meu amor?

ela sorria, os cílios longuíssimos.

devagar fui percebendo

que tudo o que eu precisava fazer

era esperar

que a madrugada adentrasse o núcleo vital daquela mulher.

no fundo,

minha mãe era uma flor

que sangrou por ser idealista

por isso se fechou

em aço

se abria apenas quando o Sono era quem comandava o seu
espírito.

ao seu lado, na cama

passei a desfrutar

de uma nova presença materna

que um dia até me contou:

— *antigamente eu escrevia músicas.*

— *não acredito.*

— *é sério. a que mais gosto nasceu enquanto eu te amamentava*

noite adentro, teu pai
não chegava nunca.

pedi para ela cantar
um trecho, *a senhora lembra?*

ela arrastou os versos:

— *um dia Agenor decidiu*
subir os degraus deste mundo
levou um tempo ioiô
sobe Agenor
sua mulher, iaiá, ficou pasma, senhor
quanto degrau, meu Deus, quanto mundo.
— *que bonita, mã.*
— *meu sonho era ser cantora.*
— *igual teu pai?*
ela fez que sim com a cabeça, eu
mal conseguia acreditar naquela entrega.

— *e por que a senhora parou? mãe, por que a senhora parou?*
— *não sei,   o sonho*
foi se transformando em
  outras coisas .

percebi que o Seio dela

estava quase

sem blusa

mas agora também estava sem desespero

apenas sendo

o formato de um corpo feminino

e também o meu futuro

de corpo, eu queria ter seios majestosos

iguais aos da minha mãe

que finalmente caiu

no Sono

perda total
das forças

observei sua respiração por algum tempo

e depois caí também
não sei se no mesmo poço, meu sono era mais
intranquilo.

no dia seguinte
ela voltava a ser a dureza de sempre, o queixo
retraído, as ordens.

comecei a ficar atenta a esse movimento: de manhã, à
tarde e no começo da noite a dona Vera era o terror da
minha vida.

mas

se eu quisesse criar algum laço
com ela, delicadamente

eu teria que investir na alta madrugada
um lugar onde ela se abria um pouco pétala
ficava vulnerável ao peso dos lençóis.
foi quando eu compreendi
que a minha mãe tinha uma outra mãe possível dentro
de si
difícil de cavar, e como!, ainda assim
e por isso mesmo
uma joia
de mãe, essa mulher doce e
fantasmagórica
que comandava o barco materno quando tudo escurecia
e que ainda esperava pela chuva
em suas pétalas
o que, no mesmo instante, me fazia esperar também.

meu pai me buzinava domingo de manhã

e eu colocava

a mochila nas costas, mais alegre do que gostaria de admitir.

agora tínhamos esses momentos juntos

e ao mesmo tempo que isso me dava um pouco de medo

da falta

de assunto, medo da Máscara

ainda assim era

prazeroso

poder estar ao lado dele sem a presença da minha mãe.

por onde começar a aproveitar o pai que eu tinha?

eu não sabia muito sobre ele.

por isso, quando eu colocava a mochila nas costas

para além da maçã

e do diário, era como se eu carregasse

Instrumentos

para lidar com a nossa relação.

— *Tchau* — eu dizia para a minha mãe
que estava Submersa
em algum cômodo
nessas horas, ela era capaz até de se transformar em uma
parede
só para se esconder
do meu pai.

por alguns meses eles não se olharam de frente.

se falavam por telefone sobre o meu *comportamento* na
escola, a pensão ou sobre algum final de semana que meu
pai não poderia vir me pegar.
depois dessas ligações, o humor da minha mãe piorava
muito.
ela quebrava coisas, queimava
o alho na panela, um dia puxou a cortina da sala
o varão lhe caiu
na cabeça e
Deus sabe como demorou para ela se recompor.
aparentemente, eu digo.
superficialmente.
porque em seu íntimo, ainda que a ferida quisesse
cicatrizar
minha mãe tiraria
a casca

e tiraria
a casca, seu corpo era uma espécie de museu da
dor.

aos domingos, portanto

eu sentia Culpa
de novo me via um Pêndulo
o que me salvava é que no carro
meu pai sempre escutava
Música.
na primeira vez eu perguntei:

— *que som é esse?*

ele me respondeu, sorrindo:

— *Jazz.*

olhei pra frente, amortecida
por aquele ritmo tão
Vigoroso.

— *quem está tocando?*

— *este cara* (me mostrou o disco). *sabia que Miles em inglês quer dizer milhas?*

— (ainda olhando o disco) *milhas?*

e assim eu me entregava

para as horas passando

ao lado desse meu novo

Pai.

— *a gente vai pra onde?* — ele me perguntava antes de dar partida.

— *pode ser no parque.*

isso quando o clima estava ameno.

quando fazia frio ou quando eu estava cansada, preferia ir para a casa dele mesmo

que era perto de uma padaria

cheia de doces, a carolina era o meu preferido.

ele começou a comprar várias pra mim, eu comia

e comia

queria guardar todas

　　　lá no fundo

pra que ninguém pudesse tirá-las de mim.

eu também gostava de ver a casa dele, o sofá marrom levemente desconfortável.

tinha um tapete creme no meio da sala, no fundo um bar.

no quarto

a cama e um armário, mais nada.

no banheiro o sabonete estava sempre acabando

e a cozinha era escura mesmo quando acendia a luz.

um cheiro de madeira misturado com álcool permeava todo o ambiente, anos depois percebi a semelhança com um pub chamado Patterson, também no centro, e por saudade quantas vezes eu pedi uma cerveja naquele lugar.

— *como é a casa dele?* — minha mãe perguntava nos nossos sussurros noturnos.

— *ah, mã, não sei.*

— *como não sabe?*

eu dava de ombros, nós duas deitadas de lado, uma de frente para a outra.

— *é feia?*

— *não, não é feia.*

— *é suja?*

— *ah* (me virando, de barriga pra cima), *não é tão limpa quanto aqui, isso não mesmo.*

— *é bagunçada?*

e assim por diante.

já meu pai não perguntava nada

no máximo: *como vão as coisas?*

e eu sabia a que coisas ele estava se referindo.

então eu lhe entregava

o nosso velho sorriso triste

ele passava a mão

no meu cabelo

minha cabeça caía

do pescoço, rolava

pelo taco

porque

logo depois do primeiro toque

meu pai já se ocupava com

um copo, agora de uísque.

estávamos no sofá marrom depois do almoço

vendo um programa de TV.

o público, animado, torcia para um rapaz no centro do
palco.

se ele respondesse as perguntas corretamente, levaria
para casa

o dinheiro que estava na maleta

    Deitei

na barriga do meu pai.

confesso que

eu também torcia pelo rapaz, torcia por mim

e por todos

vez em quando o meu pai ria

do programa

minha cabeça se movia junto

e o meu coração ficava leve.

foi quando me escapou

da boca

uma ideia

que eu tive, um

desejo

de

sei lá, quem sabe um dia?

morar ali, com ele.
— *Não, Não, Não, uma criança deve ficar com a Mãe.*

— *mas eu não sou uma criança!*

e quando eu tinha sido?

— *Não, Júlia. nem pensar.*

ele desligou a televisão.

— *esquece isso, tá? pelo amor de Deus.*

bateu a porta
da frente

me deixou ali
Sozinha.

ouvi o carro dele acelerar

enquanto eu pegava o meu diário

na mochila.

apertei a caneta.

Metralhei:

ODEIO O MEU PAI. Ele é egoísta, frio. Fica comigo por obrigação, deve adorar quando não estou aqui, pra trazer as suas namoradas idiotas. Nem deve contar pra elas que tem uma filha. Pelo menos a minha mãe precisa de mim, ela nunca me abandonou. Quando eu tiver uma casa, não vou deixar meu pai ficar lá por mais de duas horas. Vou contar no relógio, duas horas. E quando o sino tocar: Adeus.

a gente nunca conversava sobre as suas namoradas.

às vezes, eu encontrava um anel na pia do banheiro

uma meia-calça

debaixo da cama

mas nunca perguntei pra ele

sobre o dia da praça, por exemplo. nós só falávamos de carolina, jazz, da grama do parque, se tudo ia bem na escola

e depois de descobrir o poder do diário

confesso que isso me machucava cada vez menos.

era quase melhor falar com a folha

que apenas escutava

silenciosa, mas atenta

quente

e sempre receptiva à minha dor.

dormi no sofá por algumas horas.

tinha o sono acumulado
por ficar tanto tempo esperando
a Noite adentrar o corpo da minha mãe.

acordei com o meu pai abrindo a porta, ele segurava
uma caixa de pizza.

— (animado) *vamos comer?*

— (esfregando os olhos) *é de quê?*

— (sotaque italiano) *mozzarella. levanta, Júlia, vamos*
(dando um tapinha nas minhas costas), *coloca a mesa*
pro pai.

obedeci, emburrada.

no entanto, era uma experiência totalmente
diferente comer ao lado dele, eu sentia fome

mesmo quando estava brava.

sentamos na mesa da cozinha. a pizza estava com
um cheiro bom.

— *é de onde?*

— *de um lugar novo. chama Serenata.*

— *ah.*

em silêncio, decidimos não conversar sobre a nossa briga. claro que eu adoraria perguntar por onde ele tinha andado, ficou fora a tarde toda.

no entanto preferi me esconder

atrás dos queijos, se ele não me queria na sua casa

de que adiantava insistir?

meu pai parecia faminto. cortou um pedaço de pizza e colocou no meu prato, *obrigada.*

cortou um pedaço pra ele

comeu

rápido, cortou outro

jogou azeite

comeu

rápido e

de repente meu pai Tossiu

de um jeito forte

começou a ficar

Vermelho, eu

corri

pra debaixo da mesa

fiquei ouvindo
o Sufoco, o
Entalo

abracei os joelhos
Assustada, Esperando
o quê,

      a Morte?

quando vi uma azeitona
atravessar a cozinha feito
Bomba, bater
no azulejo cair
na pia

depois

um   Silêncio

     é
a Morte?

até que meu pai se estirou no chão.

os botões da sua camisa
estavam abertos

— — — — — — — — engatinhei

até Ele
me aninhei
ao seu corpo

ficamos assim

não sei por quanto tempo
acho que devo ter adormecido.

de repente meu pai se

Levantou.

fechou
os botões da camisa
lavou o rosto

pegou

a chave do carro.

disse:

— *vamos, Júlia. senão a sua mãe vai me matar.*

---

nessa noite não ligamos o jazz.

deve ser por isso que o barulho do escapamento ganhou volume aos meus ouvidos, fiquei com medo

de que o carro explodisse, imaginei nossas partes

voando pelo Céu.

o engasgo do meu pai

acendeu em mim o fato de que

um belo dia

as pessoas morrem, ninguém precisa estar doente ou velho pra que isso aconteça, a Morte se instala muitas vezes sem aviso, pois

eu acho que seria mais educado

se a Senhora pudesse

Avisar.

nos fazer uma festa, quem sabe?

passar um filme com os melhores momentos da nossa existência.

não sei se a Senhora sabe, mas

não tem sido fácil ficar aqui, nesta terra, por isso eu acho que merecemos alguma consideração.

por que as regras nunca mudam?

por que a vida tem que ser sempre assim: finita e
irreversível pelos séculos?

olha, Senhora, eu

não sou a única

que estou descontente

com os seus Métodos.

queremos reivindicar

isto: o ciclo infinito da finitude

com quem falamos?

há de ter Pessoa (ou Coisa) que mude as regras do
imutável também.

Senhora, por favor, não me vire as costas.

me responda, ao menos isto: na janela de quem
devemos fazer a Revolução?

quando chegamos na minha casa, meu pai me deu um tchau bem frio.

me joguei nos seus braços.

— *o senhor está bravo comigo?*

— *claro que não. claro que não, Júlia. já passou.*

nos desvencilhamos.

— *agora vai. não quero que você tenha nenhum problema em casa.*

não quero que você tenha nenhum problema em casa. Sério?

em que mundo ele vive, esse meu novo pai?

será que esqueceu do lugar de onde viemos?

ou só está se fazendo de tonto pra não ter que lidar com nada além de si?

Desci do carro.

ele me buzinou

acenei sem tônus

eu só queria ter um pai que não fosse eternamente o
homem que deixou a minha mãe.

respirei fundo. quando abri a porta de casa,

a dona Vera me esperava
no canto da sala
de pé e
muito rígida
parecia um animal empalhado.

perguntou, se aproximando: *você sabe que horas são?*

não tive forças

pra responder.

— *eu te fiz uma pergunta, Júlia. você sabe que horas são?*

— *não sei, mãe. sinceramente eu*

não sei.

— (tirando o chinelo) *ah, você não sabe?*

eu ia explicar

que o pai se engasgou e que

foi grave, mas

acontece que o chinelo estalou na minha boca e eu gritei

não pela surra, foi

pelo susto de

quase ter perdido o meu pai.

depois que ela terminou (seu poder de encerramento
tinha voltado)

eu subi para o meu quarto

arranquei

do diário

a folha que eu tinha escrito mais cedo, piquei e dei
descarga. eu não odeio o meu pai, eu o amo, eu o amo!,
me bati

na cara

com as palmas bem abertas.

naquela noite

me recusei a dormir na cama da dona Vera.

no entanto sonhei

que me acontecia praticamente o mesmo. eu chegava
tarde e minha mãe me batia

a diferença é que no sonho o Chinelo tinha vida própria.

ele percorria todo o meu corpo por baixo da roupa

me fazendo sentir um prazer imensurável.

minha mãe ria de mim, dizendo: *está gostando, hein? você
está gostando!*

Acordei

tão assustada que

tive que carregar
o meu travesseiro
pelos cômodos
até a cama dela e
dormir por lá.

quando abri os olhos pela manhã
senti um cheiro de
     sangue? merda. tinha descido a minha menstruação.
Pois
logo que voltei da escola

tive que lavar

sem máquina, você não vai usar a máquina.

o colchão, o lençol, o pijama, a calcinha

depois corri

com a dona Vera cronometrando

da cama até o vaso

do vaso até a cama

duzentas vezes

duzentas

vezes

— *pra você não esquecer onde fica o banheiro nessa casa.*

minha mãe mandou eu recolher a roupa do varal

e ali

na lavanderia

dobrando pano

jogando

o pregador dentro do balde

eu descobri

um novo divertimento: assistir ao trabalho da máquina
de lavar.

nossa, aquilo

me deixava amortecida

igual no jazz, Repare

como são vigorosos os cabelos de quem mergulha

o mesmo acontece

com as roupas, elas ganham fibra, elegância

se enlaçam e

se soltam em uma

pequena coreografia

do adeus.

eu ficava olhando a máquina trabalhar

chuá, chuá, chuá

por horas, se pudesse

e quem sabe um dia

eu também consiga

me desprender

das minhas amarras, quero fazer com essa

suavidade rítmica

comecei a mover

o corpo

imitando o encontro do pano

com a toalha

pra cima

e pra baixo

esticava os braços, ofegante, tombava a cabeça, girava os
punhos, eu não estava brincando, eu estava

fazendo

o que fazem as moças

nos bailes e

nos braços de

alguém

perto/longe

longe/perto, deve ser por isso que tem uma janela

bem no meio da máquina.

foi então que o telefone

Tocou:

me
escondi
depressa
atrás de um
lençol.

— *alô?* — minha mãe atendeu.

ventava.

— *é ela.* — disse.

tapei os ouvidos

não queria saber

do resto

mergulhei

no cheiro do amaciante

deixei

que me invadisse

os poros

azul e livre

azul e larga

azul mulher que Foge

vestida de cetim.

ouvi o barulho seco
do telefone voltando ao gancho.

resp

ira

baix

o,

Júlia, resp

ira

baix

o.

a dona Vera começou a me chamar.

será que

eu

consi

go

me

trans

form

ar

em

um

inset

o?

Júlia, Julia, Júlia, cada vez mais

Impaciente

com

asas,

pelo

amo

r de

Deu

s

com

Asas

— *Aí está você! mas eu não tenho sossego!* (ela segurava o rosto com as mãos) *acabei de falar com a diretora do colégio. ela chamou eu e o seu Pai para uma reunião amanhã. Amanhã, ouviu bem?* (chorosa) *meu Deus do céu, Júlia, por que raios você foi quebrar o nariz de uma menina?*

— *a senhora não sabe o que ela fez.*

— *não importa!* — ela disse, puxando o meu cabelo.
— *não importa, Júlia, você não pode simplesmente quebrar o nariz de uma pessoa.*

— *eu odeio você!* — Gritei

ela me soltou e

toda vez que eu olhava para a sua palma
enxergava ali, nas linhas
os fios de cabelo que ela já tinha me arrancado.

— *você sabe o que é Quebrar?* — perguntou de repente.

— *Sabe?* — repetiu caminhando

em direção ao meu quarto

Sai!
do meu quarto

ela entrou
Furiosa, mas
sem pressa e

começou a quebrar
tudo o que eu tinha ali:

um porta-retrato com o desenho do meu irmão;
um vaso com flores que eu colhi na rua;

um elefante de cerâmica que eu peguei do meu pai;

uma pequena máscara de Veneza que uma menina da sala
nos deu quando voltou de viagem

e isso

foi o que mais me doeu

a máscara era o meu passaporte, um sinal de que cedo ou
tarde eu também realizaria os meus sonhos

de viagem e outros

que eu pudesse vir a ter.

uma névoa invadiu os meus olhos.

eu não conseguia mais

enxergar o que minha mãe estava quebrando

só ouvia o barulho

Plá, Plá, Plá!

e os gestos, seus grandes gestos

de explosão.

eu escondia o meu diário

dentro da fronha e

ainda bem que na cama ela não mexeu.

quando terminou estava Exausta.

mandou eu limpar

toda aquela merda

para que eu compreendesse, enfim

que quebrar uma coisa

sempre tem as suas consequências

e eu pensei: Depende.

Depende

de quem você é.

---

me movi depressa

para a sala de aula

a mochila batendo

nas costas, eu

só precisava esperar

que o tempo passasse no que eu tinha feito, aguentar firme

como sempre aguento, mergulhar nas aulas

de cabeça, eu só precisava cansar

a minha cabeça.

foi quando senti

no braço

os dedos suaves

de alguém: me virei,

era a diretora

que de grave só tinha o nome, Maria Antônia, será que a
reunião já acabou?

— *nem começou* — ela disse —, *porque quero a sua presença
na sala.*

— *a minha?*

— *nada mais justo se vamos falar de você.*

dei de ombros.

— *não se preocupe, teremos uma conversa em família* — ela explicou, me conduzindo na direção oposta da que eu planejara

e nessa hora eu tive que segurar a boca

pra não rir no rosto dela que não merecia, mas

deu vontade

de dizer que: uma conversa em família

nunca foi possível, não na minha casa

lá somos três solitários

irreversíveis

gravemente feridos

da guerra que travamos contra nós.

ainda que meu pai não more mais com a gente, seu fantasma está por toda parte

e flana

pelos corredores

somos

ruína e pó.

nosso jeito de conversar, diretora, é nos machucando

não por mal, não somos maus

somos tristes e isso é o que fazemos com a nossa solidão.

caminhamos

pelo corredor limpíssimo, alguns alunos nos olhavam. é a
menina que bateu na outra, cochichavam.

agora está encrencada, deviam pensar, divertidos. mal
sabiam que era a segunda vez que eu golpeava um rosto e

me faltava isso para acertar a fuça de um terceiro.

entramos

primeiro na antessala

da Marlene Secretária

anotando

alguma coisa, espero que não seja sobre mim.

o cheiro de lustra-móveis

me fez notar uma orquídea

em cima do arquivo

de ferro, dentro dele

nome e sobrenome de todos os alunos do colégio, as
persianas

levemente fechadas, ainda assim

passava

um feixe de luz.

adentramos a sala da Maria Antônia, também limpíssima.

meu pai estava na cadeira da esquerda, não me deu oi

apenas me olhou.

parecia triste, mas estava calmo, o que será que disse para
o seu chefe na loja de material de construção?

e

do outro lado da Ilha

minha Mãe sustentava um corpo

que pretendia se Afastar ao máximo

do corpo do meu pai.

pendurou, na gola da camisa, uns óculos escuros que não
vi em seu rosto enquanto caminhávamos

até a escola

ela acordou tão

silenciosa, achei que acordaria violenta.

sentei

no meio dos dois.

a diretora fechou a porta

não sem antes dizer *Marlene, se alguém ligar, avise que estou em reunião.*

a Maria tinha a idade dos meus pais. seus olhos eram ternos

e vibrantes, o cabelo longo em um coque frouxo.

talvez quando ela tirasse aquele personagem de mulher que coordena um colégio, talvez quando chegasse em casa e

se preparasse um café

lembrando

de um certo verão que lhe foi especialmente doce ao espírito, talvez ali ela ficasse absolutamente irresistível.

acho que meu pai percebia

a beleza da diretora, não tirava o olho

de seus gestos

ou talvez estivesse apenas fugindo

de mim, da minha mãe.

— *obrigada por terem vindo* — ela começou

com as mãos cruzadas no centro da mesa. — *achei importante a Júlia estar com a gente na conversa.*

vontade de rir

de novo, aquela calma, aquele

vocabulário, eram de alguém que teve pais incríveis.

— *Bem* — a Maria continuou —, *como vocês sabem, a Júlia se envolveu em uma briga com a nossa aluna Gabriela. elas estudam na mesma sala, inclusive costumam se dar muito bem, não é, Júlia?*

balancei a cabeça, concordando.

— *mas houve algum desentendimento entre elas no pátio e a Júlia, infelizmente, acabou escolhendo o pior caminho pra lidar com a situação. a Gabriela já está bem, graças a Deus, está se recuperando em casa, deve voltar pra escola na semana que vem. e a Júlia já pediu desculpas, tanto para ela quanto para a mãe dela.*

a Maria Antônia falava pausadamente
nem meu pai nem minha mãe esboçavam nenhuma reação.

— *de modo que elas desculparam, entenderam que a Júlia está passando por uma fase difícil. foi então que eu tive uma ideia. como vocês sabem, a filha de vocês gosta muito de escrever.*

não, eles

não sabiam.

— *então eu sugeri que a professora de português, a Cláudia, aju-*
de a Júlia a escrever uma carta com um pedido formal de descul-
pas para a família da Gabriela. Certo, Júlia?

balancei a cabeça, concordando.

— *esse comportamento é totalmente inaceitável, espero que não se*
repita. nem aqui nem em lugar nenhum — a Maria disse olhando pra nós três

e eu pensei que minha mãe contaria
dos socos que eu dei na Tetê
mas ela não contou
nada, ficou
na Ilha
era difícil para a dona Vera
estar na presença de uma mulher como a diretora
incrivelmente terna e
firme
bonita, inteligente, humana
e ainda por cima com o meu Pai na mesma sala.

— *eu queria saber* — a Maria se dirigiu a mim — *por que você*
decidiu usar a violência em vez de conversar?

não respondi.

— *Júlia, eu estou falando com você.*

— *devo ter perdido a cabeça, diretora. me desculpe. não sei muito bem o que me deu.*

era mentira, eu Sabia

muito bem o que me deu. eu estava no pátio, sossegada comendo o meu lanche

quando a Gabriela me chamou num canto.

fechei a lancheira, fui até ela

pra ouvir

uma frasesinha estúpida: *talvez o seu pai vire o meu pai também.*

o quê?

não me importo se isso acontecer de verdade.

o que você está dizendo?

seu pai é tri bonito.

ah, ela Pediu

o soco que eu dei naquele rosto

aposto que ela aprendeu algumas coisas logo que caiu no chão. a queda ensina mais que o voo

— *é claro que nós te desculpamos, Júlia* — a Maria continuou. — *o que estamos dizendo aqui é que a violência nunca será o melhor caminho. guarde esse ensinamento e tenho certeza de que você agirá sempre da melhor maneira possível, ainda que a situação seja desafiadora.* — ela fez uma pausa. — *vocês querem um café?* — perguntou aos meus pais.

não, eles disseram.

— (se servindo no copinho de plástico) *eu podia suspender a Júlia, como vocês sabem. mas esta é a primeira falta grave dela, e nessa escola nós acreditamos no poder do diálogo.* (bebendo o café) *percebemos que a Júlia está um pouco mais reservada nesses últimos tempos. estamos cientes do motivo, e é claro que isso é normal, uma separação não é algo fácil para ninguém. o inegável, no entanto, é que a Júlia é uma garota muito querida por todos nós* (ela sorriu pra mim). *estudiosa, dedicada, sensível, criativa. acreditamos que todo mundo tem o direito de errar e se redimir dos seus erros,*

a Maria continuou falando, mas

eu parei pra descansar nos elogios que ela me fez.

como era bom ouvir

aquelas coisas tão

navegáveis sobre mim. então

eu era uma boa menina?

Acordei

com a Maria dizendo

sempre doce, lentamente, que gostaria de sugerir algo
que me faria muito bem.

— *muito bem* — repetiu, alto

disse que a escola tinha uma grade interessante.

— *como assim, grade?* — foi o único momento em que a
minha mãe se manifestou.

— *atividades extracurriculares, é o que quero dizer.*

— *Escuta, senhora, nós não podemos arcar com mais despesas.*

— *Gratuitas* — a diretora garantiu

e se levantou
pra abrir a porta
pediu os horários pra Marlene.

a secretária estendeu uma folha

que a Maria colocou na mesa

sublinhada estava a palavra

balé.

---

não vou me esquecer

da primeira terça-feira em que fui verdadeiramente feliz.
então o que eu sentia antes, quando me sentia muito bem?

ah, eram

alegrias de talco, eram

sopros na pele vindos de bocas do tamanho de uma pinta

nada, não eram Nada

se comparados a essa fogueira interior que me contorcia

de ansiedade

fome f o m e

     dos movimentos
vontade v o n t a d e

     de balançar com a mesma força que eu percebia em
algumas crianças
no parque.

a verdade é que

eu nunca pensei em chegar tão longe

dentro de um corpo como o meu que era dor e se encolher
pelos cantos. eu era o lugar onde as pessoas depositavam

as suas variações de tristeza e raiva

sem medo algum de depositar, já que eu aparentava a mais
pura fragilidade, o rosto coberto pelo espanto de existir.

se por acaso eu reagisse

não reagiria muito

ou pelo menos

    não por muito tempo
esse era o juízo que as pessoas faziam de mim.

mesmo depois dos socos, elas diziam que

eu estava passando por uma fase difícil

    ninguém me levava
        muito a sério, eu era
controlável, contornável

        será que
        eu poderia dançar esse Engano?
provar

com movimentos rítmicos

que sou Forte.

eu queria entregar

na dança

o medo m e d o

que sinto

deixar que ele se espalhe

e se perca

na música que dançaremos

ainda que alguns de nós não se movam pelo palco

enquanto o outro

se move, Protagonista

ainda assim

pulsaremos juntos, será que um bailarino também dança
o Silêncio?

se os pés tocarem o chão

ainda é Silêncio?

e o que faz um bailarino

senão devolver o Ar
que faltava em nossos pulmões?
sim,

eu estava radiante.

quando a diretora colocou a palavra *balé* no centro da
mesa

era como se eu tivesse procurado aquilo

a vida inteira.

as Aulas.

aconteciam no Teatro do colégio, subi naquele palco
apenas uma vez, na colação de grau

mas agora

tudo parecia diferente, mais grave

comigo descendo a rampa que cortava ao meio

a coleção de poltronas vazias.

eu estava ao lado da Maria Antônia

e faltavam bons minutos pra começar a Aula

no entanto, as bailarinas já estavam a postos

treinavam

em uma barra dourada

refletidas pelo espelho.

— *vou chamar a Madame, espere um pouco* — ela me disse.

foi quando senti os olhos

das bailarinas

em Mim.

conhecia algumas de vista.

a mais próxima de ser uma amiga era a Natasha.

eu tinha passado uma cola pra ela

na prova de geografia

e talvez agora isso me valesse de alguma coisa

ou Não. senti que Todas me fuzilavam

essa aí não é boa, deviam pensar

e talvez eu não fosse
mesmo, mas
engraçado: hoje eu só me importava com a flecha
luminosa
saindo
do meu peito
apontando
diretamente para o Palco.

a Maria voltou Acompanhada
por uma Mulher de
gestos magnéticos.
fazia tempo que estava na terra, isso era certo
no entanto, seus anos se espalharam com tamanha leveza
por toda a pele que se tornava impossível adivinhar a sua
idade.
usava um lenço
que se enrolava no pescoço
com o peso de uma cobra.

me estendeu a mão Solenemente

beijei e fiz

uma reverência.

— *essa é a Júlia* — a Maria me apresentou

orgulhosa, notei

gostava de mim

tanto quanto eu gostava dela. — *e essa, Júlia, é a Madame Noveli. está fazendo uma residência aqui na escola.*

— *a menina já dançou?*

— *nunca, né, Júlia?*

fiz que não com a cabeça.

— *très bien. vamos ver o que posso fazer.*

a Maria me deu uma piscadela.

eu disse que precisava falar

em seu ouvido.

— (sussurrando) *não tenho roupa.*

— *eu sei. vou escrever pra sua mãe, mas por enquanto não se preocupe. a Madame vai te emprestar alguma coisa.*

quando a Maria saiu

bateu aquele vento

de fim

de outono

era como se o espaço que minutos antes ela ocupava

me pesasse mais quando vazio.

ouvi a Madame me chamando lá de cima.

subi correndo

para o camarim, meu Deus, alguém me esperava em um

camarim.

— *não corra* — ela disse, me parando com as Mãos. —
Concentre

toda essa energia

para o palco.

Assenti

domando meus gestos.

— *vista isso.* — Ela me entregou um figurino

procurei o banheiro

com os olhos.

— *aqui mesmo, oui.*

comecei a tirar a roupa

timidamente

tomara que a minha calcinha não esteja suja.

vesti a meia-calça

e o collant bem rápido, meus seios ainda eram

a espera   pelos seios   da minha mãe.

a Madame me estendeu umas polainas

mandou eu prender bem

o cabelo.

disse que a única coisa que podia separar o rosto de um bailarino de seu público

era a cortina de um Teatro.

então eu fiz

o Coque mais firme que pude

me olhei no espelho

sentindo vergonha

do meu rosto assim, exposto, nessas horas a beleza me fazia falta.

calcei as sapatilhas.

a Madame pediu para eu abrir bem os braços
levantar as pernas
girar o tronco.

— *mon Dieu. são curtos, seus membros.*
— *Desculpe* — eu disse, não sabia muito bem o que fazer.

— *mas posso ser bastante criativa* — expliquei de repente —,
*posso inclusive imaginar que tenho membros maiores, isso deve
ajudar nos movimentos.*

não sei
de onde tirei essas palavras, a aura da Madame emanava
um certo tom metafísico
que despertava em mim
o Desejo
de Ser
a menina dos seus olhos.

nas Aulas,

do lado de fora, aparentemente
meu corpo era o tronco de uma árvore

ou pior

já que um tronco carrega consigo a textura do Tempo
e o meu corpo, ao que parece, não passava de um tolo
dançando

ou menos
do que isso

afinal um tolo sempre tem a sua graça
e o meu corpo era a morte dançando
ou seja: uma dança impossível.

acontece que
dentro da minha cabeça

ah!, lá Dentro
da minha cabeça

eu era a mais pura Seda pendurada no varal.

o pregador que me segurava
era antigo, não tinha forças

então Eu me Libertava

filha do vento
planando no céu.

em meu centro: movimentos de marola.
ou: bandeira hasteada de um país que tem sido justo aos
seus.
na minha cabeça, lá
no fundo
Eu
era a Pena
que antes de cair
por terra
ensaiava a sua dança

tímida, discreta

e por isso

belíssima

Mas

a Madame foi me contando

com um balde de água fria nas mãos

que tudo o que eu sentia por dentro, essa Chama

simplesmente não chegava

a quem me via.

com o seu corpo que carregava

um pedaço

de cada país que já tinha acolhido a sua Dança, a Madame
me revelou que

ao seu mundo eu não causei nenhum abalo

ou brisa

nada nasceu ou morreu porque eu me mexia

ela me disse, especialmente

que o Artista não é quem explode por dentro, isso pode
acontecer com toda e qualquer pessoa; só é Artista quem
Entrega

a explosão

aos pés do público

com ritmo, poesia, beleza

ainda que ele esteja dançando um crime.

— *é um pombo-correio* — ela continuou definindo — *dos*
céus ou dos infernos, na pas d'importance, Júlia, olhe ao redor.

Obedeci. faria qualquer coisa que ela me pedisse.

— *veja as meninas dançando. elas estão fazendo o movimento*
completo. e Além, expandidas. Está vendo?

balancei a cabeça positivamente.

— *pois! a Arte está no além, é nele que podemos colocar um pou-*
co do que somos, sem jamais atrapalhar a coreografia. au con-
traire, Júlia, não há bailarina que dance a mesma música da
mesma forma.

comecei a pedir pra Deus

toda a sabedoria que há na elasticidade

comecei a ser agressiva

com Deus, lançar pedras

no céu que eu almejava alcançar

e para minha surpresa, a Madame me pediu calma

disse que ainda estávamos

no começo

e que a vida não se resolve em um dia só.

depois dos ensaios

eu procurava no dicionário

palavras que pudessem me

representar: *desarmonia, descompasso*

peso, rocha

ai, que corda

no meu pescoço, quanto sangue

no entanto

a cada golpe

eu me sentia ainda mais Viva.

chegava em casa e

não dava nem boa-tarde, ia logo subindo

para o quarto.

minha mãe não perguntava nada

sobre as Aulas, nem nos nossos sussurros noturnos

e ainda que eu falhasse miseravelmente

o balé estava sendo tão intenso que

a dona Vera já não me fazia grande falta

a minha cabeça estava toda voltada

para a Dança

boa ou má que eu realizava, não importa, eu só queria
continuar tentando

e continuar

tentando

já que o exercício

da Busca

me proporcionava o lugar mais acolhedor que eu tinha
habitado até ali.

percebi que

essa minha nova forma de encarar as coisas

era desconcertante para a dona Vera

que nunca tinha me visto assim, tão Impenetrável.

andava pensativa pela casa

devia estar se perguntando como derrubar o muro

para então estragar tudo

de novo e mais uma vez.

acho que se arrependeu

de já ter quebrado

o meu quarto, de já ter me batido

em tantos ângulos.

quando pequena, por exemplo, eu tinha medo

de Sombra

gritava

da cama

e minha mãe dizia: *é você, Júlia. a sombra é você.*

agora em silêncio

ela percebia que o seu erro foi usar todos os recursos

um atrás do outro

muito rápido

isso acabou me deixando

resistente como o diabo

e nas mãos da dona Vera

nada (ou quase nada) que ainda pudesse me cortar.

a Madame já tinha me avisado
que eu precisava
do meu próprio Equipamento.
suar com a roupa dos outros
era como
dançar com o espírito dos outros, e um espírito não se empresta
eu jamais encontraria uma movimentação autoral desse jeito
precisava desvendar meu corpo
nos limites de uma roupa inédita

e a dona Vera Demorava, Demorou
Meses

até que um dia ela me disse: *vou comprar*
o uniforme.

senti   A l í v i o
ao vislumbrar a sua imagem
se aproximando
do portão da escola.

ela usava aqueles óculos escuros
que lhe caíam bem, é verdade
agora ela vendia perfume na casa das pessoas
e assim, de longe
até que parecia uma boa mãe.

caminhamos em Silêncio
em direção à loja

o som
dos nossos passos

pisando em
folhas secas.

Entramos.

minha mãe deu *boa tarde*
para a moça do balcão
que devolveu o cumprimento com a cabeça.

então ela pediu
o meu collant, meus acessórios.

a moça explicou que

em todos os tamanhos

e até o ano seguinte

tinha acabado

o rosa

— *é que a fábrica pegou fogo e agora só temos o que está nas prateleiras. pode ser azul?*

senti um frio me percorrer a espinha.

respondi internamente que Não, pelo amor de Deus Não, vamos olhar em outras lojas, mãe, todas as meninas estão de rosa e até a Madame, de Rosa, eu não quero ser a única de azul e nem posso, pensa comigo, se eu já me destaco negativamente estando igual a todas

imagine agora

vestida de água e não de Flor, mãe, Perceba: a Flor finca, a água

Escorre

pois

que dê o fora daqui de uma vez, previ as vozes

das bailarinas satisfeitas

e a minha mãe disse:

— *Sim, claro.*

abriu a carteira.

— *que tragédia essa história da fábrica.*

---

desaguei

no Teatro

arrastando o meu fundo de rio.

até passou pela minha cabeça mudar de rumo

aparecer na sala da Maria Antônia, contar tudo

sobre o meu collant, meu náufrago, mas

eu não queria que ela me visse assim

tão líquida, talvez até pensasse que sou fraca.

atravessei o corredor de poltronas vazias

que nunca seriam cheias aos meus olhos, isso eu já previa.

passei a mão pelas paredes, quantas coisas elas já não viram?

ensaios, espetáculos

formaturas, reações

quando não aguentam mais: racham

encontrei

pequenas rachaduras por toda parte

microfeixes de luz.

pensei que hoje seria bom desfrutar de alguma solidão na sala
de espelhos, subi para o camarim vagamente
iluminada por essa ideia, mas

agora era tarde

várias bailarinas já estavam se arrumando por ali.

me olharam com o habitual desprezo

que pioraria muito

em instantes, isso eu também já previa.

tentei ser discreta

ao tirar

meu collant da sacola

atrasar as reações era um plano, mas

as bailarinas são atentas por natureza, verdadeiros alces quando
um tigre está por perto

e logo Ouvi

o bochicho, os sussurros

— *isso não é roupa de bailarina.* — risinhos.
— *é como acender a luz no que há de pior em nós.*

passei tanto pó

    no rosto fingindo
não ouvir

        o   Coro
que

        na terceira camada eu fiquei parecendo uma
        santa

            na quinta um Fantasma.

a Natasha atravessou o camarim com a sua mochila.

soltou um *Nossa* por cima dos ombros

a única palavra que me dirigiu até ali.

Ingrata. que Ingrata, meu Deus!, pois Saiba

que nunca mais te passo nenhuma resposta

nem pra você

nem pra Ninguém.

se eu sobreviver

a isto

juro que daqui pra frente

eu quero

pensar somente em mim.

as bailarinas foram chegando.

me olhavam

sempre de cima

pequenas madames

só que cruéis, com escárnio.

a Madame não era assim, não mesmo, seu pódio era
absolutamente merecido

e quando Ela apareceu no camarim eu corri para os seus
braços

que estavam tão frios quanto o azul da minha roupa.
tentei explicar a tragédia da fábrica, mas ela me fez fluir

para o Palco, não sem antes esfregar uma toalha no
meu rosto
levando embora
o meu fantasma, a minha santa.

disse que hoje não queria conversa, queria Prática.

— *Prática!* — repetiu batendo palma. — *Travailler, les filles!*
falta pouco para a nossa apresentação.

& eu no tablado

trêmula, esperando
o quê,
um tiro?

a madame ligou a Música em seu rádio prateado.

a Orquestra começava num Lampejo.

imediatamente as bailarinas fizeram um círculo

e o alongamento? já foi.

e o círculo? se Transformou
    em um Incêndio, em outros
e eu
    pelos cantos, eu correndo atrás do fogo sendo água,
    eu caindo
        no palco, tropeçando
        no ritmo,
          a Dança
           virando a mão
          de uma piscina
             me afogando
        para onde foi   aquela força de não me
        importar?
a Madame me repreendeu
severamente, estava Áspera.

          começou a Dançar me mostrando o
          caminho
— *vê*

como faço.

! ^ |\\| !

cigana

do povo

a sua Dança era

                        Fogo e Lava

pulseiras tintilavam em seus braços

e a Música crescia a Música rodava a Música era a Alma deste
mundo

tanto vigor

em seus ossos

dá pra estudar anatomia em seus músculos, Madame,
a senhora nasceu

 Pássaro?

            (as bailarinas saltavam na minha cabeça)

a senhora nasceu

Anjo? pra depois e finalmente

        Nascer Mulher?

            (as bailarinas pisoteavam o meu peito)

Madame, a senhora que já renasceu

tantas vezes, o que a senhora tem a dizer pra mim que sou apenas casca? veja, dia desses gostaria de Ser uma presença por inteiro

! ^ |\\| !

que conselho

a senhora daria
para alguém que é o fruto

de um amor devastado
me conte!

como eram seus pais, Madame, amáveis? na sua Dança que é dona de qualquer espaço dá pra ter uma boa noção dos pais que a senhora teve, eles devem ter sido incríveis

iguais!

aos pais da Maria Antônia

iguais!

aos pais de todo mundo

sabe que o meu

é órfão? tenho inveja

disso, morro de inveja das pernas também, ah, se eu tivesse aquela amplitude! talvez o meu papel não fosse tão pequeno na nossa coreografia, já sei, Sangue! claro, Sangue! será que a mistura do vermelho com o azul dá o rosa? se

der, podem pisar no meu tronco, bailarinas, me desfale-
çam! transformem tudo em Rosa através da força bruta!

— *descanse, Júlia* — a Madame Ordenou

passando a Mão pelo meu rosto como se desejasse a morte
dos meus cílios.

— *Descanse, cherie* — repetiu

assustada com a minha Febre.

— *não me enterre* — pedi

comecei a madrugar

no Teatro

a ser o primeiro pé depois da chave.

desisti

das rachaduras, a luz delas não me salvaria, troquei

pela porta

me escondia atrás

da cinco

que levava direto pra coxia.

ficava ali

por longos minutos

] escutando

o que as bailarinas falavam sobre mim.

queria dar Liberdade a elas, que fossem mais longe

e elas foram, me chamaram de: *besta, inútil, pesada, sem talento, feia, tenho pena, pior que pedra, tenho pena*

] e   ?

que mais?

que mais,   bailarinas?

digam Mais, me contem

tudo

sobre mim

mas elas não contaram.

com o passar do tempo

começaram a falar de: formatura, praia, garotos, festas, eu
não chocava mais ninguém com o meu desastre e

na terça-feira que encerrou meu ciclo

] coloquei o corpo atrás da porta pela última vez.

esperei as Vozes

no escuro

estranhei quando ouvi os passos da Madame
que não tinha o hábito de chegar tão cedo
e outra, ela estava acompanhada
por uma voz tão familiar que me causou
arrepios,

]M_{ãe}?

elas se sentaram, escutei.

foi quando a Madame disse
assim, com todas as letras
que eu não levava jeito

pra Dança

explicou que o meu corpo

era Lento

riscou alguma coisa no papel.

Inexpressivo, disse por fim

e alguém tossiu.

— fora que a coreografia já está bem adiantada, temos uma
apresentação no fim do ano.

minha mãe deve ter balançado a cabeça

— alor, por que vocês não tentam a natação?

nessa hora
uma bailarina empurrou
a porta da coxia, Urrei
de dor.

a Madame também gritou
de susto

já minha mãe pediu *calma, fica calma*

acontece que eu não estava conseguindo tirar a mão dali.

chamaram o bombeiro
da escola
que voou até nós.

ele derramou um *Óleo*

pelo vão da porta

vai tentando

tirar os dedos

devagar, isso

]

s a i u

      — avisei.

meu rosto estava coberto

de suor e então ouvi

os aplausos

?

pela minha coragem, disseram, e ainda por cima sem cho-
rar.

as bailarinas

já não me olhavam com desprezo

?

outros alunos se aproximaram, a professora de geografia, a
de português

e os Aplausos

quentes, intermináveis

— *não quebrou nada* — o bombeiro disse, examinando a minha mão.

foi quando eu olhei
pra ela: unhas com sangue/hematomas
na pele. parecia um
pé de Bailarina, sorri.

— *é melhor levá-la pra enfermaria* — ouvi a voz da Madame
e no susto (que deve ter sido grande, já que nem na Dança
isto acontecia)
no susto (então ela gostava de mim?)
caiu seu Lenço
revelando uma pele de
Cicatrizes

— *vamos, Júlia.* — minha mãe me conduziu para a saída.
— *precisa de maca?* — o bombeiro brincou

e todos riram

perguntei
da Maria Antônia
— *está em reunião, mas eu acompanho vocês* — a Cláudia se
ofereceu.

caminhamos
até a enfermaria

senti na nuca os olhares curiosos.

então a professora nos deixou
aos cuidados de uma jovem médica
minha mãe explicou o ocorrido.
a doutora escutou
examinando meus dedos, disse que eu tive sorte

sorte?

não era grave

grave.

— *o que você estava fazendo atrás da porta, afinal?* — ela me
piscou antes de mergulhar na outra sala
para ir buscar
um analgésico.

— *por que você fez isso?* — minha mãe aproveitou pra
perguntar, mas
eu estava muito Cansada

— *pra chamar atenção?*

não respondi.

— *pois saiba que o seu pai não volta, ainda que você se mate o Sérgio não mora mais aqui.*

aqui?

não estamos em casa, mãe.

ou estamos?

— *agora é com a gente, Júlia, entenda. ouviu? eu só tenho você.*

ela me abraçou. seu cabelo

volumoso

\dentro da minha boca feito terra\

Terra

vivo neste quarto de pensão

e porque já estou aqui há algum tempo

o sinto como uma continuação do meu corpo.

chego da rua

abro a porta e

é como se o meu espírito pudesse voar por essas paredes

sem que eu morra por ele estar voando do lado de fora,
aqui

não é fora/ é dentro

com um quê de transe

típico de um sonho denso.

no Quarto.

há uma janela que mantenho aberta mesmo quando
escurece.

tem a cama, que range e se lamenta do peso que deposito
nela, às vezes num salto, em outras

delicadamente.

tem a mesa

de pernas arriadas

com trinca ramificada

no meio, *o que fizeram com você?* pergunto alisando

a madeira

e tem

uma pequena banheira com manchas, além das torneiras
de ferro, elegantes, e um espelho descamado que mal
revela os azulejos que estão à sua frente.

de volta ao Quarto, há um abajur vermelho ao lado da
cama

e um copo com flores que colho na rua, elas vivem

por uns dias

depois desistem

de tudo, gosto de vê-las desistindo, não é rápido, elas vão
tentando

segurar o fio da vida pelo cabo

e quando chegam no auge de sua beleza

não aguentam

por muito mais

tempo

costumo guardar

as pétalas

dentro de uma caixa de sapato.

abro dias depois

só para vê-las amanhecidas

e impressionantemente ainda belas.

se as pessoas se despedissem assim do mundo, doeria
menos perder alguém?

se nós pudéssemos guardar

quem já não está

em caixas

pra depois jogar as suas peles

em uma carta

sem assustar ninguém, pelo contrário, e se
conseguíssemos evocar o outono

com as partes do corpo de quem já se foi?

aqui no Quarto, quando tenho tempo

aproveito pra me deitar

no assoalho e

ler vagarosa

o último livro que aluguei na biblioteca municipal.

também tenho um rádio

de pilha

que ganhei de aniversário

do meu pai.

mantenho na estação USP, eles têm uma programação
de música clássica

que me faz até

dançar.

eu gostaria de ter frequentado a universidade, é claro.

estudado filosofia, talvez.

mas não deu tempo, comecei logo

a trabalhar

em um Café, o lugar chama assim: Café.

é ali na esquina, veja

Lá,

sou eu e a Dona Cíntia

que está sempre indo

e voltando

do mercado, do banco

vez em quando seu marido aparece

dele eu não gosto, é um mal-educado

mas vai pouco

ao Café.

o filho deles, o Ricardo

foi estudar na França

e a Dona Cíntia ficou bem mais triste do que esperava
quando ele partiu.

depois do Café ela melhorou bastante, mas vez em
quando eu ainda sinto um cheiro de álcool saindo de sua
boca

e eu digo, por cima do balcão, o avental no ombro:

— *se a senhora quiser conversar sobre alguma coisa, estou por aqui.*

ela passa a mão no rosto, me oferece um sorriso. deve me achar jovem demais para ter o tipo de conversa que gostaria

e falando mesmo

em se abrir, o que me ajuda é ter mantido o hábito

de escrever no meu diário.

gosto de anotar os sonhos que tive

ainda na cama, pra não esquecer.

depois eu

visto uma roupa, minha bota.

atravesso a rua e entro

no Café. não é um lugar movimentado, longe disso, a vantagem é que os clientes são assíduos.

o mais fiel de todos

é o Vegas

um ex-lutador de boxe que teve que se aposentar depois de uma fratura na costela.

ele manca

e o seu tronco lembra a torre de Pisa.

quando você olha pra ele

não sente medo, sente

pena

e isso deve destroçar o coração de um ex-boxeador.

então eu demonstro respeito quando atendo a sua mesa, sou boa ouvinte das histórias que ele conta a tarde toda no Café.

acho que o Vegas mente bastante

para se libertar

não de alguém, como eu fazia quando pequena, mas do peso do que lhe aconteceu.

deposito o seu misto-quente na mesa

seu conhaque

seu café curto

enquanto ele tagarela

sobre os campeonatos, seu professor de boxe (um cubano que agora descansa a sete palmos depois de ter sido nocauteado em uma luta clandestina), o Escuto

sempre atenta, com a bandeja rente ao peito

e às vezes anoto

no diário

uma coisa ou outra sobre o seu temperamento.

gosto de observar o Vegas especialmente quando ele se cala

enquanto uma garoa fina cobre a rua com o seu brilho prateado.

já tentei indicar uns livros pra ele, mas o Vegas me diz que é um homem de ação. respondo que ler é viver muitas vidas além da sua

— *e se isso não for ação* — termino, depositando a conta em sua mesa —, *eu não sei mais o que é.*

— *ainda vou tentar esse negócio de leitura. por você, hein, Julinha.*

— *não, Vegas. faça por Você.* — pisco.

ele me retribui com uma gorjeta.

me lembro do dia em que fiz a minha entrevista de emprego no Café.

enquanto eu conversava com a Dona Cíntia e percebia nela um interesse pelo meu poder de trabalho, um pequeno prédio no fim da rua chamou a minha atenção.

o sol das cinco

batia nas janelas de um jeito nem forte nem fraco que, confesso, me emocionou.

morar com a minha mãe

estava se tornando algo Insustentável, se eu continuasse debaixo de seu teto, eu envelheceria definitivamente, já estava acontecendo

fui a criança mais velha do mundo

e estava me tornando

a jovem mais antiga

da rua

eu precisava tanto de um

Espaço e

depois que a Dona Cíntia me contratou

eu perguntei o que era aquele predinho.

— *é uma longa história.* — nos sentamos novamente.

e ela me contou que aquele lugar tinha sido uma casa de prazeres chamada Guadalupe. o ponto ficou famoso pela beleza de suas dançarinas

além do preço

acessível

e do Jazz, sempre ao vivo.

a rua era fechada pra carros, alegre, cheia de turistas.

até que um dia

um cliente doentio, apaixonado

depois de exigir de uma dançarina a exclusividade que ele não podia pagar

atirou nela

em seguida abriu a boca

apertou o gatilho

se matou.

a moça chamava Matilde e era a luz daquele lugar.

depois da sua morte, a casa ficou fechada

por anos

era vista como ponto de má sorte

até que

uma Mulher

de meia-idade, uma viúva recém-chegada do estrangeiro

decidiu investir parte de sua herança

naquele lugar que era a própria morte, o cheiro impregnado

nas paredes

para então com uma boa reforma, limpeza e alguns quadros

transformar de novo em Vida aquele lugar.

e foi o que aconteceu.

depois do investimento, a viúva Argentina

— *espera um pouco.* — interrompi. — *o nome dela é esse mesmo?*

— *sim, Argentina. bom, pelo menos foi o que eu ouvi dizer. ela passou a alugar os quartos*

para estudantes

e aposentados, alguns viajantes também, pessoas de passagem, enfim.

aos poucos, a rua foi voltando a ter algum brilho. hoje é um lugar agradável.

ao ouvir a história eu não tive dúvidas: era no antigo Guadalupe que eu queria morar.

Consegui, depois de uns meses

e só tive coragem de contar pra minha mãe no dia da mudança.

fiquei com medo de que ela estragasse tudo, e também
não encontrava as palavras certas para dizer

isso, mãe

estou Indo

me sentia muito Culpada

por deixá-la assim, Sozinha.

abri o diário:

*me desculpa, Mãe. faz alguns anos que estou juntando forças para
deixar o seu teatro, eu que sempre fui o seu público mais fiel.
acontece que chegou a hora de parar de assistir à vida dos outros.
chegou a hora de eu viver também.*

na manhã da mudança, coloquei as minhas coisas na mala.

desci as escadas, pensativa.

minha Mãe estava de costas, na cozinha

coando o café.

— *tá quase pronto* — ela disse, sem se virar.
— *não precisa, mãe, eu já estou indo.*

e vê-la ali, de barriga na pia
quase me fez correr para os seus braços, me ajoelhar
aos seus pés.

Ela se virou.

— *está de mala?*
— *ah, isso? sim, é que* (coçando a nuca) *agora que estou trabalhan-do, achei melhor ficar perto de lá, minha chefe não gosta de atrasos. e tem uma pensão na rua, acho que vai ser mais prático.*
— *você está pensando em alugar um quarto, é isso?*
— *não, na verdade eu. já aluguei.*

meu corpo desmanchava
sob a luz do seu olhar
ainda assim, tentei agir naturalmente.

— *na quarta eu venho ver a senhora, tá?*

beijei
a testa dela, de onde vinha
tanta calma

dos livros que eu andava lendo?

fechei a porta, ganhei

a Rua

achei que

sair de casa seria um momento de vozes altas e

pratos tentando acertar a minha cabeça, mas

tudo o que eu ouvia era um zumbido

insistente, uma mosca perdida

no fundo de mim.

segui Avançando

de repente me vi correndo

até o ponto
de ônibus

(o coração na boca)

então
é isso?
agora eu sou dona
do meu tempo
e do meu corpo
todos os meus desejos assolavam o meu espírito, a grande
festa, *você precisa olhar pra gente agora*
Sim, eu sei.
calma
aos poucos
cuidaremos de tudo o que ainda não fomos e

sair de casa

morar na pensão

se revelou a melhor escolha que fiz na vida.

a viúva me recebeu muito bem. perguntou se eu era daqui, se eu fazia universidade, disse até

que eu era bonita.

ainda não conheço todos os meus vizinhos

no entanto sei

pelo tom dos cumprimentos

quando trombo com alguém

na escada

que eles são do tipo solitários, como eu.

mesmo a viúva Argentina, apesar de carregar consigo o nome de um país, sinto que ela também tem aprendido com o silêncio que recai sobre a pensão depois das dez. é uma mulher admirável, de seios tão vastos quanto os de minha mãe.

ela tem uma tatuagem

perdida entre as carnes

reparei outro dia quando paguei o aluguel

e até isto ela me disse: *não tenha pressa. não tenha pressa que o dinheiro*

não é tudo.

à noite, vez em quando vejo

a fumaça do seu cigarro

subir

pela minha janela.

depois escuto

o cantarolar

de um bolero

e pela primeira vez na vida não sinto vontade de
desaparecer.

---

minha mãe veio na pensão umas poucas vezes, sou eu que a visito com mais frequência. ela costuma dizer que moro em um *muquifo*, imagina se soubesse da história toda.

não gosta da viúva Argentina, é claro.

e o mal-estar é mútuo, as duas vêm de mundos tão distintos que vejo nascer entre as bocas

um muro que só cresce.

quando a viúva coloca os olhos na minha mãe

leio

em sua testa: essa mulher não me engana. ah, não me engana. e então se serve

de uma dose de licor

vira e bate

o fundo do copo no balcão.

já a dona Vera deve se roer

de ciúmes

a viúva é essa mulher extraordinária, carismática até o talo, misteriosa também.

então a minha mãe coloca a culpa na sujeira

(o chão brilhando)

diz que a rua é perigosa

(os cães sem dentes)

não há ventilação no quarto

(a janela aberta)

depois diz que há
ventilação até demais.

o Tempo. ele tem acentuado esse traço de
competitividade que minha mãe sempre nutriu por
outras mulheres.
ela só se sente à vontade com as muito velhas ou quase
mortas
talvez ela saiba
que está envelhecendo
mais rápido do que gostaria.
detesta passar na frente do cemitério, por exemplo,
acelera o passo como se estivesse sendo perseguida.

temos as nossas brigas quando a visito.

e agora a sua violência foi morar especialmente nas
palavras, ela ofende

o meu quarto, as maquiagens

que não uso, os homens

que não tenho.

— *se você não criar laços* — Avisa — *vai acabar envelhecendo
sozinha. nem o dinheiro te salva, entenda, uma velha endinheira-
da é a coisa mais triste, é a cara do deboche. sabe aqueles quadros
de palhaço que ficam com a boca aberta pra você jogar bolinha?*

às vezes eu tento explicar pra ela

que me sinto

feliz como nunca

e ela me responde: *cuidado, Júlia. cuidado*

com a ilusão.

ah, o Tempo.

depois que saí de casa, sinto que o novo lugar favorito da
minha mãe

, é no Passado

o dia de hoje serve apenas de apoio

para os pés

enquanto o resto do corpo não para

de lembrar e lembrar.

mesmo quando a minha mãe está diretamente falando comigo, quase sempre ela está falando consigo

é como se a sua voz contasse

para essa mulher que hoje habita o seu corpo

como a vida costumava ser melhor.

— *já tive homens aos meus pés* — ela diz. — *já recebi flores de homens que estavam aos meus pés.*

— *igual à vó?* — pergunto, quebrando o ciclo.

— *ah, não. não, não, não* — ela responde, aborrecida

então aviso

que já estou indo

— *quando você volta?*

— *na quarta da semana que vem.*

beijo

a sua testa

fecho

o portão e

antes de acelerar o passo

dou uma última olhada

para aquele lugar que

mesmo não sendo mais o meu

e quando ele foi?

ainda é

a imagem que me vem à mente

toda vez que escuto ou digo a palavra casa.

---

nos tempos que correm, há um acordo silencioso entre o meu pai e eu: para os nossos encontros, preferimos os lugares públicos

melhor ainda se o programa já estiver definido

por telefone, geralmente no dia anterior.

pode ser qualquer coisa: café, almoço, não importa

o que importa

é ter algo nas mãos.

quando estamos em um espaço íntimo como é a casa de uma pessoa

nossas pendências emocionais, inevitavelmente, recaem sob os nossos corações.

na rua também acontece, mas

o fato de estarmos cercados por estranhos

não sei, torna tudo mais leve

logo nos distraímos

com o turbilhão da cidade.

meu pai trabalhou em uma loja de material de construção por toda a vida.

se aposentou recentemente, mas ainda passa na loja

uma vez por semana pra rever os amigos.

vou com ele antes de adentrarmos o nosso programa e

o sinto muito diferente na loja

penso que jamais conseguirei desfrutar desse Sérgio que
os seus colegas acessam

com tamanha naturalidade.

eles conversam sobre assuntos que mal entendo, os rostos
vermelhos pelo prazer de estar juntos.

a certa altura, meu pai diz que precisa ir andando

passa a mão

no meu cabelo

de um jeito que ele não faria se estivéssemos a sós.

seus amigos o incentivam: *vá, vá, homem. e na semana que
vem volte com um engradado de cerveja.*

ele se vira, sorrindo, dá um último aceno.

escuto o sino da porta

e em seguida ganhamos

a rua.

— *vamos almoçar no Sebas?* — ele pergunta, já com seu
tom habitual.

— *é claro que vamos almoçar no Sebas, pai, já não tínhamos
combinado por telefone?*

eu gostaria que fosse mais fácil

estar com ele

como é fácil pra mim conversar com o Vegas, por exemplo. por que será que os estranhos sempre nos pesam menos?

talvez por serem terra desconhecida, é o que abre espaço para a nossa imaginação.

fulano deve ser ótimo, pensamos

e as respostas ficam em suspenso

amamos a possibilidade

de a pessoa ser exatamente aquilo que projetamos nela.

os estranhos não nos doem porque ainda não nos decepcionaram

e se mantivermos tudo a uma boa distância: seguirão sendo

essa doce incógnita.

olho para o meu Pai de relance.

ele faz menos sucesso com as mulheres agora.

ainda assim, vez em quando arruma uma garota que o acompanha por um mês ou dois.

nunca me perguntou se tenho alguém.

não sei se estranha a minha solidão.

é engraçado. minha mãe me cobra as relações como se o meu corpo fosse uma bomba-relógio. já meu pai é puro silêncio nas questões afetivas

e eu não me encontro
em nenhum dos volumes.

entramos no restaurante.

o Maurício nos conduziu até a nossa mesa, perto da janela.

perguntou se já queríamos os waffles
ou se esperaríamos
um pouco mais.

— *não, não. pode trazer.*

quando o Maurício se afastou, meu pai disse que queria
me contar uma coisa.

— *o quê?*

— *agora que tenho esse tempo livre* — fez uma pausa. tossiu.

— *o que está havendo, pai?*

— *não é nada demais, na verdade. é que. eu comecei a fazer
umas esculturas.*

— *esculturas?*

— (rindo) *você parece surpresa.*

— *e não é pra ficar?*

o Maurício serviu os nossos pratos. deu um tapinha nas costas do meu pai, que sorriu

por cima do ombro, sem se virar.

— *quando isso começou?*

— *já faz uns meses.*

— *o senhor não me disse nada.*

— *estou te dizendo agora.*

comemos em silêncio por um tempo.

então perguntei que material ele usava.

— *argila* — disse, abrindo a carteira. tirou dali umas polaroides das suas esculturas

colocou na mesa, eu

nem sabia que meu pai tinha máquina.

— *o senhor está usando alguma técnica?* — perguntei por perguntar.

— *nenhuma* — ele disse, Divertido

e eu pensei que nenhuma era a palavra exata

para a quantidade de fotos

que meu pai já havia tirado de mim.

———————————————————————————

quando cheguei na pensão, a viúva me perguntou se
estava tudo bem.

respondi que sim, claro

ela ficou me olhando preocupada.

comecei a subir
pro Quarto

— *Júlia.*

me virei de novo

ela estava pegando um molho de chaves enroscado na
cintura.

me convidou com os olhos
a acompanhar
os seus passos

bem, eu

Obedeci.

depois ela abriu uma porta

no vão da escada

que sempre despertou a minha curiosidade.

foi quando eu descobri

que a viúva mantinha um

esconderijo, uma pequena sala

de Chá. com paredes vermelhas, móveis antigos. um
cheiro de tapete que fica guardado

por m u i t o tempo. o espaço

tinha qualquer coisa de

camarim, talvez pela luz

e a viúva me explicou que ali era o seu refúgio, a sua Ilha.

— *sente-se.*

ela abriu

um armário baixo

pegou uma xícara

com desenhos do Japão.

— *não é uma beleza?* — perguntou, olhando ao redor.

— *um tesouro, sim.*

— *já estava aqui quando eu comprei.* — disse me servindo um chá de hibisco.

— *até as louças?*

— *os tapetes, tudo.*

— *parece um lugar perdido no tempo.*

— (acendendo um cigarro) *aos corações perdidos, um lugar perdido.*

nos calamos

por alguns instantes

era a primeira vez que ficávamos assim, sozinhas. na recepção sempre aparecia alguém, fora o movimento

da rua, então eu

comentei

que o português dela era muito bom.

— *a senhora parece uma nativa.*

— *e Sou. mudei de país só depois que me casei.* (soltando a fumaça) *e não me chame de senhora, por favor.*

dei um gole no chá.

— *combinado?*

— *Sim.*

a viúva apagou o cigarro depois de um tempo. disse:

— *tem alguma coisa entristecendo você.*

— *é uma pergunta?* — tentei sorrir.

— *Júlia. não é bom guardar tudo pra si o tempo todo. é por isso que existe a boca, a palavra, os Outros. viu? você pode confiar em mim.*

e nessa hora eu

quase desmorono

nunca ninguém tinha conversado comigo naquele tom.

a viúva pegou meu chá, apoiou na mesa.

deitou

a minha cabeça

no seu colo, meu cabelo crescia

ao seu Toque.

— *não é melhor a senhora, quer dizer você. não é melhor você voltar pra recepção? e se alguém estiver precisando de alguma coisa?*

— *s h i i u u.* — ela me interrompeu

e o Ar que saiu de sua boca

pousou na curva

dos meus ouvidos

como se cantasse

ao meu espírito: *Desfrute desse tempo que é seu.*

subi para o meu quarto me sentindo outra, bem mais leve.

abri a porta, as flores

estavam com um cheiro acentuado

provavelmente morrerão

entre hoje e amanhã.

quando a morte ronda as pétalas, o cheiro Cresce, é um grito, mas a nossa impotência é muito grande, *queridas*, não há nada que possamos fazer.

olho para o livro do Manuel Bandeira em cima da cama.

penso na bela Matilde que levou um tiro enquanto dançava.

lembro dos passos acelerados da minha mãe na calçada do cemitério

prevejo o ovo que será a cabeça do meu pai em alguns anos

as linhas se formando debaixo dos olhos do garçom Maurício

o pó

em cima dos móveis

as camas

vazias de um asilo

acidentes

de automóvel

pernas

com varizes

a Morte nos circunda

de dentro pra fora e por todos os cantos, ainda assim,
impressionantemente, o medo não é o nosso estado
natural.

liguei o rádio.

meu locutor preferido, o Beto Roberto, diz que faz vinte e
dois graus na cidade

com aquele seu tom que parece dizer alguma coisa por trás
da coisa.

depois ele dá a dica de um filme francês em cartaz no belas
artes

e avisa que teremos duas horas de Beethoven.

me apoiei no beiral da janela, nostálgica

enquanto meus olhos observavam a tarde se esvair do dia.

gostaria de captar

o momento exato em que o véu da Noite se instala no
róseo do fim da tarde, mas acontece que a transição do
tempo

é arenosa e

quando dei por mim

a Noite havia se instalado na minha rua por completo.

estiquei a mão no vazio,

      garoava.

logo subiria aquele cheiro de asfalto molhado que remete
ao verão.

um cachorro latiu

longamente

parecia carregar um aviso

para cães menores, quem sabe até para as aves também.

abandonei a janela quase sem me dar conta dos meus
gestos

      (Beethoven dançava com as minhas Angústias)

preparei meu banho

tirei a roupa

que ficou embolada

num canto

a folha de um texto ruim.

peguei meu diário

entrei na banheira.

fechei os olhos pensando no rosto do meu pai.

será que sei as suas feições de cor?

como era o seu nariz, a sua boca?

eu reconheceria o meu pai em qualquer lugar do mundo

ao mesmo tempo que não me lembrava dos detalhes de
seus traços.

abri meu diário.

eu estava com vontade de Escrever

não sobre mim

gostaria de

escrever uma história

será possível? escrever

sobre o outro, esquecer

do eu.

bem, talvez

seja parcialmente possível, dei um clique

na caneta:

Na casa de Ed, a noite chegava antes da noite. Precoce, ela se instalava na sala através de uma luz azul-marinho que emergia do taco, mas se por acaso alguém abrisse a janela, ainda dava pra ver o sol e no fundo do céu uma linha em vermelho-fogo.

Para Ed, essa era a hora mais temida: seu tio voltava para casa. Era um homem barbudo, caminhava pesadamente pela vida, cheirava a álcool e a destruição. Durante o dia era melhor, o trabalho na plantação mantinha o velho ocupado. Mas quando o relógio estava perto das cinco, o coração de Ed parecia uma ave em temporada de caça, nunca a morte, apenas o tiro cada vez que ele via o tio.

Em sonhos, Ed fantasiava que o velho se perdia em um milharal, ou quem sabe até poderia ser sugado pela terra, o garoto rezava pedindo essas coisas, sinal da cruz, amém. Então, no dia seguinte, às cinco da tarde e mais uma vez, seu tio entrava pela porta da sala, com suas botinas de enxofre e sua insolência.

Preciso rezar com mais joelho, o garoto pensava, tentava fazer isso com um vigor impressionante, as longas mãos de Ed apontavam para o céu implorando tire, Deus, esse homem da minha casa. Ainda que meu pai não volte. Ainda que eu fique sozinho com o silêncio da minha mãe.

paro. Releio.

acrescento: *Mas o fato é que Deus parecia surdo aos seus apelos.*

(Beethoven ri da gravidade dos meus gestos)

fecho
o diário, coloco
no chão do banheiro.

mergulho

(ecos do piano)

e fico
submersa

até Quando?

estávamos só com o balcão aceso. no fim do expediente,
a Dona Cíntia e eu gostávamos de trabalhar assim, a
meia-luz.

o dia fora agitado por conta de uma mesa de adolescentes
que tinham vindo ao Café. eles queriam tomar cerveja,
vodca ou qualquer coisa que os fizesse *beijar o céu.*
expliquei

diversas vezes

que não servíamos álcool para menores.

— *não somos menores.*

— *então cadê a carteira de identidade?*

eles Riram

perguntaram se eu era da polícia, a verdade é que

não precisavam

de bebida nenhuma

fazia muito que flutuavam.

pensei, enquanto secava os copos, que nunca carreguei
essa

explosão de energia no corpo, deve ser porque

eu nunca tive uma turma

e algumas forças a gente só exerce quando está em grupo.

confesso que

gostaria de ter

essa coisa que os adolescentes carregam

isso de

viver sem pensar. sem me observar de fora, sem

calcular cada gesto.

foi quando escutei a voz do Vegas me perguntando se
estava tudo bem.

me virei, não sem susto, era a segunda vez que essa
pergunta me atravessava.

imagine isto, ter que contar os meus *problemas*

cada vez que alguém me perguntar por eles

ao mesmo tempo que não resisto

quando sou abordada assim, com algum afeto

dá vontade de

abrir

o zíper da pele, derramar meus cacos, veja: esta sou eu.

respirei fundo.

— *tudo, amor. por quê?*

— *eu vejo você botar a mão nas costas o tempo todo.*

ri,

então era isso.

expliquei, revigorada, que vez em quando eu sentia uma dor na lombar.

— *menina. você precisa mover o corpo* — ele disse, virando o conhaque.

e os adolescentes se levantaram, finalmente.

— *tchau, tchau* — disseram.

— *vão com Deus.*

não tinham consumido nada em duas horas, acho que nem tinham dinheiro pra isso. me assopraram beijos da rua.

— *viu, Julinha?*

— *o quê?*

— *você precisa mover o corpo.*

— *mas eu não paro um minuto!*

— *estou falando de exercício físico.*

fui preparar o cappuccino da mesa cinco.

— *sabe o que é bom?* — o Vegas disse, se levantando. — *pular corda.* — pegou um cigarro, colocou na boca

apoiou o corpo do lado de fora do Café.

abri a gaveta do caixa

observando a fumaça

do Vegas

como se ela pudesse me indicar

um caminho.

ele pediu para eu colocar o café e o conhaque na sua conta.

— *amanhã eu acerto sem falta.*

e seguiu

pela rua

com o seu tronco torto e o seu velho jeans.

era difícil imaginar aquele homem dando socos em alguém. pode ser que ele tenha esgotado toda a sua agressividade no ringue, ou talvez ele tenha sido sempre terno em seu íntimo, usou o boxe para fugir

deste mistério, o de ser alguém que se importa.

o dia foi passando mais rápido depois disso.

aos poucos, o Café se esvaziou
até que chegamos
no fim do expediente
a Dona Cíntia fechava o caixa
enquanto eu passava álcool
nas mesas
levantava as cadeiras, varria o chão.

já estávamos à meia porta
quando um rapaz entrou no Café.
eu ia dizer já fechamos
mas ouvi
a Dona Cíntia:

— *Filho!*

eles se abraçaram.

— *Júlia, este é o Ricardo.*
ele me estendeu a mão.

— *veio passar férias aqui* — a Dona Cíntia contou,
Sorrindo

e o seu afeto, de tão palpável, era quase um segundo filho.

— *que ótimo. aproveite a cidade, meu caro.*

— *para isso, vou ter que reaprender a andar por aqui, Júlia. Mãe, a senhora acredita que hoje mesmo acabei me perdendo pra chegar na casa do Adauto?*

— *dois anos fora é bastante coisa, querido.* — ela tocou no rosto dele

e eu voltei

pra limpeza

derrubei

uma cadeira.

— *desculpe* — eu disse

mas a Dona Cíntia não me ouviu.

estava concentrada

na presença do filho

ele, no entanto, me olhava de relance

enquanto dizia pra mãe que esse sentimento de terra estrangeira tinha lá as suas vantagens.

— *é como se eu olhasse pra certas coisas pela primeira vez.*

— *até pra mim?*

— (sorrindo) *pra senhora não tem como.*

— *você termina de fechar?* — ela me pediu, lavando as mãos.

— *podemos esperar, mãe* — o Ricardo disse. — *te damos uma carona, se você quiser, Júlia.*

— *eu moro aqui na rua.*

— *ela mora ali na pensão* — a Dona Cíntia explicou, ajeitando a blusa do filho. — *então você fecha tudo?* — ela repetiu, pegando a bolsa.

— *fecho, pode deixar.*

a Dona Cíntia se despediu de mim com um beijo na bochecha

e o Ricardo me deu um tchau com a palma bem aberta

a outra mão no bolso

da calça de alfaiataria.

antes de virar as costas e ganhar a Noite

ele me ofereceu, com seus lábios finos, o sorriso de alguém que não sabe, não faz ideia do que significa a palavra abandono.

estávamos nos aproximando do Natal

e nessa época a cidade finalmente se lembrava das próprias árvores.

é tempo de união, eu ouvia por toda parte, até o Beto Roberto, depois de uma ópera da Maria Callas, leu um poema que ele mesmo fez sobre o natal, e tudo isso seria ótimo, claro, se eu fosse uma dessas pessoas que caminham despreocupadas pela cidade em busca de um presente para o amigo-secreto.

no entanto, sendo quem eu sou e com a família que tenho: o natal era a data mais triste que o ano poderia me trazer.

e trazia

com as suas Ondas

os destroços que a todo custo tento lançar ao longe

e quando menos espero

eles estão de volta

aos pés da minha praia.

o que me deixou feliz foi que a viúva Argentina me convidou pra passar o natal com ela.

— *na sala de chá?* — perguntei, sorrindo.

depois expliquei que não podia deixar a minha mãe
sozinha.

mas não foi isso que ela fez com você a vida toda? senti a
viúva me dizer por dentro.

sim, respondi também por dentro

mas entre a minha mãe e mim existe uma diferença brutal,
que é a Culpa.

pra piorar, a dona Vera me ligou perguntando o que eu
queria comer na ceia.

bem, mãe, que tal uma salada? estou tentando virar vegetariana.

mas era mentira, eu não estava tentando virar coisa alguma

o fato é que

eu continuava não suportando

o gosto das carnes que ela preparava.

— *você sabe que pode contar comigo, não sabe?* — a viúva me
abraçou.

— *me fala do seu marido?* — pedi, ainda em seu colo.

— (sorrindo) *do César?*

— *como ele era?*

— *Alto. voz grave, tipo Leonard Cohen.*

— (sorrindo) *nossa.*

— *ele tinha o coração do tamanho do mundo. era dono de uma
padaria em Buenos Aires.*

— *verdade?*

— (assentindo com a cabeça) *me trazia pães e doces todos os dias.*

ela abriu a correntinha do pescoço, mostrou a foto.

— *que bonito.*

— *aqui ele estava novo.*

— *você sente muita falta?*

— *esta pensão tem me ajudado* — ela disse, ajeitando o meu coque. — *e a sua mãe, Júlia, ela trabalha?*

— *agora está aposentada. antigamente vendia perfume.*

— *e o seu pai, onde ele vai passar o natal?*

— *ele me disse que na casa de uns amigos, mas acho que vai passar com alguma mulher.*

— *ele nunca te apresenta essas namoradas?*

fiz que não com a cabeça.

— *e como você sabe que ele tem tantas?*

um morador da pensão passou por nós.

— *boa noite* — disse educadamente.

ficou no Ar um cheiro de tabaco.

— *esse aí é novo.*

— *escritor.*

— *Sério?* — me levantei.

— *foi o que ele anotou aqui na ficha.*

fiquei olhando

        o caminhar daquele homem

                até o perder de vista.

— *e você?*

— (despertando) *o quê?*

— *conta dos namorados pro seu pai?*

— *você sabe que eu não tenho namorado* — respondi, me virando pra ela.

— *terá algum dia. essas coisas acontecem na vida de todo mundo.*

— *Preciso subir* — avisei, beijando a sua mão.

---

cheguei no quarto animada

tirei a bota, me joguei na cama.

bem, então quer dizer que

nós temos um escritor aqui na casa?

Sim,

nós temos um escritor aqui

na casa.

abri meu diário,

reli o trecho que eu tinha escrito.

nada mau, pensei clicando na caneta.

e Continuei:

Depois que apanhou do tio, Ed se trancou no quarto. O lugar era
um cubículo fedorento, ninguém se dava ao trabalho de trocar

aqueles lençóis. As paredes pareciam ter boca, comiam o espaço, e o ventilador quebrado de dentes azuis de alguma forma piorava tudo.

O garoto deitou na cama, o corpo pulsando. Tentou se lembrar do motivo da surra, eram tantas e cada vez mais frequentes que as razões se perdiam no tempo. Ah, sim. Seu tio lhe bateu com o cabo da vassoura porque achou que ele não tinha limpado a varanda. Sua mãe preparava o jantar como se nada tivesse acontecido, o silêncio dela era cortante, frio. No entanto, e é importante observar esta mudança, durante a surra Ed não chorou. Agora, sozinho no quarto, ele percebeu que apanhar lhe doía cada dia menos, seu corpo estava ganhando resistência. Sorriu, orgulhoso, afinal não era pouco o que ele tinha que suportar. Ficou olhando para o teto encardido, escutando ora os roncos do seu estômago, ora os barulhos de panela na cozinha. Por onde será que andava o seu velho pai? Será que algum dia ele volta? De repente o garoto escutou o rádio na varanda. Imaginou seu tio sentado na cadeira de balanço, bebendo uísque como se fosse um rei.

Morra, Ed pediu cheio de fé. Morra, e depois adormeceu.

outro dia passei na frente do Sebas e o Maurício correu pra me alcançar.

— *faz tempo que o seu pai não vem aqui.*

e como eu entendia aquela preocupação.

quando o Vegas não aparecia ou se atrasava

meu olho não saía da rua

e qualquer pessoa vagamente parecida com ele

já me criava alguma expectativa.

quando ele ficava silencioso demais em sua mesa, eu

silenciava também

no balcão.

reagia

aos seus estados de espírito

como se ele fosse um velho amigo

e era, apesar de nunca nos encontrarmos fora do Café. eu não sabia onde ele morava, como era a sua vida longe dali, se existia mesmo uma vida ou se o relógio simplesmente pingava

as suas gotas

de petróleo e

pra não enlouquecer ele corria

até o Café, passava a tarde toda lá.

com os outros clientes eu também me preocupava.

guardava seus hábitos, cuidava de seus gostos. a ideia era que o tempo que passassem ali, com a gente, proporcionasse leveza e por isso força para suportar o que viesse no decorrer das horas, de bom ou mau, não importa, todas as situações que vivemos têm seu peso

e sua sombra, ainda que sejam magníficas.

— *entendo a sua preocupação, Maurício.* — coloquei a mão em seu ombro. — *mas parece que o meu pai está em uma nova fase agora, mais introspectiva.*

— *eu sei. ele está fazendo umas esculturas, não é?* — sorriu

concentrei a minha atenção nas linhas

que se formavam na pele de seus olhos.

elas pareciam cada vez mais fundas, desciam para a bochecha como um rio.

o curioso é que o Maurício era jovem, talvez só um pouco mais velho do que eu. mesmo assim, o Tempo já estava deixando suas marcas naquele rosto

— *preciso ir* — avisei

me Afastando. — *e não se preocupe, meu pai está bem.*

combinei de passar na casa do meu pai

pra pegar a corda que ele me trouxe lá da loja de
material de construção.

aí você aproveita pra conhecer as esculturas, me disse
por telefone

e antes de aceitar

o convite

meu pai teve que insistir bastante, quase me perguntou qual era o problema, não o fez porque no fundo
sabia

muito bem qual era o problema: em sua casa, não
teríamos os nossos estranhos para nos acompanhar.

de qualquer forma, acabei cedendo.

disse que ia na quarta, pela manhã, porque depois eu
precisava devolver uns livros na biblioteca, mas

era mentira

e pensar

na tal visita

me fez revirar na cama

a noite toda

sonhar com

saltos

no trilho do metrô.

pensei em anotar esses sonhos logo que acordei.

mas eu não queria olhar pra eles novamente, então

levantei da cama, lavei o rosto. vesti um jeans, uma camiseta e calcei a bota.

desci as escadas

dei

bom-dia pra viúva na recepção

de longe, assoprando um beijo

e ganhei

a rua

caminhei

até o ponto de ônibus, estava com os olhos encaroçados de tanto sono.

a casa em que meu pai mora é a mesma da minha infância.

a cozinha em que quase o perdi

ainda estava lá

também a madeira da sala, os poucos móveis

de convento ou pub, no entanto era tudo muito diferente agora, eu era Outra

ele

era Outro

e nós não parávamos de mudar, esse carrossel que é

a Vida, com os seus cavalos congelados em poses ternas, girando e girando no mesmo lugar

quando

saímos, por fim, da roda: onde é que está o mundo que a gente conhecia? ainda que ele esteja exatamente no mesmo lugar.

entrei no ônibus, sentei perto da janela.

quantas possibilidades de júlia eu perdi pelo caminho

para me transformar nesta Júlia que sou agora?

em alguns pontos, sei que sou melhor, sinto que estou mais forte, tenho amigos, um emprego, meu Quarto de pensão.

mas em outros sou

pior, bem pior, em cada surra que levei ficou no chão um pedaço de mim.

é diferente do Vegas

que escolheu apanhar como ofício

e se preparou apaixonadamente

para revidar, em algum momento, os socos que tem levado pela vida.

desci do ônibus.

caminhei até a casa do meu pai.

quando cheguei no portão acabei sorrindo: ele não
colocava aqueles enfeites de natal em nenhuma árvore.

bati na porta, pai, eu

te amo

— *desculpa o atraso* — eu disse quando ele abriu.

o curioso é que meu pai estava se transformando

também no rosto, parecia abatido, mais magro

como um artista que se dedica sem descanso a um projeto
que ele precisa terminar.

agora ele tinha até barba por fazer, mas não era só isso,
seus olhos

andavam sempre marejados

como se tivessem descoberto onde dói

em si, no mundo

e agora não sabiam o que fazer com esse sangue, se era
mesmo

sangue

então ficavam assim

confusos, úmidos.

— *que bom que você veio* — ele disse. — *Entra.*

a mesa da sala
estava tomada pelo seu trabalho com argila.
eram Cabeças
por toda parte
sempre com a boca Aberta, o que esperavam?

beijos, talvez.

será que
sentiam dor?
uma única pose
era tudo o que elas tinham

por que criar uma imobilidade tão cheia de Vida, pai?

a casa dele tinha um cheiro inteiramente novo

que logo decifrei, era

barro depois da Chuva
e isso me fez até imaginar
uma praia

onde as pessoas pudessem ser livres perto do mar, andando na orla, à noite contariam histórias ao redor do fogo como uma tribo.

então meu pai me estendeu uma sacola,

Agradeci.

perguntei se lhe devia alguma coisa

ele disse que não, que aquela corda estava perdida

lá no fundo

do galpão, mas ele quis saber

o que me deu, *você nunca foi de fazer esporte*.

então eu contei do Vegas, longamente.

e o meu pai me disse que não conhecia o trabalho desse boxeador.

expliquei que o Vegas estava aposentado fazia anos

mas o meu pai retrucou que gostava de acompanhar o boxe desde menino, era algo que ele fazia no orfanato

e até aprendeu alguns movimentos com um padre jesuíta.

ele nunca tinha me falado nada sobre esse tempo.

fiquei morrendo de vontade de perguntar uma porção de coisas, mas eu também queria respeitar o silêncio dele.

então pensei nas telas de tv que meu pai assistia.

com algum esforço consegui visualizar

uma luta acontecendo

e também no jornal

que ele lia, por que será que eu nunca conectei o boxe com o meu pai?

— *qual é o nome dele mesmo, filha?*

— *Vegas.*

ele pensou um pouco.

— *não, eu*

realmente não conheço.

imaginei que

talvez

o trabalho do Vegas tenha sido tão local que

não era mesmo de se conhecer.

desde quando sabemos de todas as coisas que acontecem no mundo se mal sabemos o que se passa no fundo do nosso coração?

meu pai me perguntou se eu queria um café.

— *não, obrigada.*

— *e o que você achou das esculturas?* — ele se aproximou da mesa. — *estava trabalhando nesta agora mesmo.* — alisou a argila.

— eu adorei o cheiro que ficou na casa.

— mas e a forma? o que você está achando do formato, da expressão?

— muito bonitas, pai. elas são variações de uma mesma pessoa, não é?

— de uma mesma pessoa?

— sim, me parece uma tentativa de captar as emoções da personagem em diversos momentos, ainda assim o senhor não pretende resolver nada, respeita o Mistério, então essa personagem ao mesmo tempo que é próxima, também simboliza aquilo que é inalcançável.

— nossa. que bonito, filha. eu nunca pensei dessa forma.

— e no que o senhor pensa quando está trabalhando?

— bem, a verdade? a verdade é que eu não penso em nada, Júlia, em Nada, e meu Deus, como isso é libertador.

continuamos conversando

por Horas, ele me perguntou até se eu tinha um sonho.

— Sonho?

— é, um desejo de profissão.

— eu gosto de trabalhar no Café.

— eu sei, filha. mas é o que você quer fazer por toda a vida? não há problema algum se for, não me entenda mal. também sei que é difícil pensar na vida toda sendo tão jovem, mas, em algum momento você precisa se fazer essa pergunta.

então meu pai olhou

no relógio.

— *filha, os livros!*

— *o quê?*

— *você precisa devolver os livros.*

— *ah! claro. é mesmo, Pai.*

---

a Dona Cíntia me avisou que sairia mais cedo do Café,
precisava fazer suas compras de natal.

— *você fecha pra mim?* — sua frase de sempre.

— *a senhora sabe que pode contar comigo.* — minha frase
de sempre, nas repetições é que se instalam
os afetos cotidianos.

então ela me deu um beijo
na bochecha, retribui fazendo um bico

e a vi partir, a bolsa no ombro

agora que o Ricardo voltou ela estava muito bem.
não era difícil perceber que a luz de seus dias
era o filho
o que eu acho doloridamente belo (inviável, se transposto
para a minha vida) e um pouco perigoso também, afinal
logo ele voltaria para a França

talvez nunca mais morasse definitivamente aqui.

penso que, depois das festas, a Dona Cíntia vai sentir mais a falta dele

porque teve a sua presença por semanas.

lembrei do olhar que ela deu para o Ricardo no dia em que eu o conheci.

minha mãe nunca me olhou daquele jeito, ela não tinha orgulho de mim.

pelo contrário, queria me esconder toda vez que alguém estava por perto. quando a visito

e a sua nova vizinha, a Clotilde, bate na porta

pra entregar

um pedaço de bolo

ou pedir açúcar

a minha mãe Alarga o corpo

pra que a sua amiga não me veja

e ainda assim a Clotilde faz questão de me cumprimentar: *oi, Julinha*

e acena

o que me faz

adorá-la e odiá-la, porque

sei que ela gosta de mim, ao mesmo tempo que também Sei: o fato dela ter usado o meu nome no diminutivo vai fazer a minha mãe me tratar rispidamente pelo resto da visita.

quando alguém me elogiava na sua frente, nossa, ela fechava a cara de um jeito.

era como se dissesse: a Júlia não é tudo isso, não.

uma vez, ela conheceu uma moça na feira

que a ajudou com as sacolas

me contou isso enquanto tomávamos um café.

então ela comentou, por cima da xícara: *a moça era mais bonita do que você.*

e me Doeu tanto ouvi-la dizer isso!

não pela beleza da moça, imagine, o que me devastou foi o prazer que senti escorrer de sua boca

foi quando o

Ricardo?

adentrou o Café.

abaixou o corpo igual naquele dia, achei que eu estava tendo um déjà-vu.

apertei os olhos, mas

a calça era outra

ele me perguntou se eu lembrava dele.

— *é claro que eu lembro.* — sequei as mãos. — *aconteceu alguma coisa?*

— não, não. é que eu tava passando aqui na rua e... você quer uma ajuda?

— não, imagine.

— quer que eu leve essas caixas lá para dentro?

ele foi levando

e até que isso não foi mau.

o Ricardo era um rapaz alto, vívido. estou certa de que uns óculos redondos lhe cairiam muito bem.

quando terminou com as caixas, acendeu um cigarro. perguntou se eu queria uma tragada

expliquei

que não fumava.

— adquiri esse hábito nos pátios da universidade — ele contou

soltando a fumaça

gostei dessa palavra na boca dele, *Pátios*.

— quer beber alguma coisa? — me perguntou

e eu que estava do lado de dentro do balcão senti vontade de rir.

— alguma coisa está fora da ordem — cantei

me virando pra guardar os copos.

fora da nova ordem mundial, cantarolei por dentro
enquanto sentia o olhar dele percorrer
o meu corpo

Estremeci.

— *puxa um banco, Júlia. ou você tem algum compromisso agora?*
— *não, não, só preciso fechar o Café.*
— *daqui a pouco você fecha, então. senta. espera, antes pega aquela garrafa ali, a da direita.*
— *esta?*
— *a outra. isso. traz um abridor também. e dois copos, por favor.*

olhei pra ele por cima do ombro.

— *Relaxa* — ele disse
dando as cartas não só ali
mas
em todos os lugares por onde passava, isso era certo.
me sentei.

estávamos separados pelo balcão. achei que ele me
pediria: vem aqui do meu lado
mas deve ter achado cedo, ainda bem.

ele encheu as taças.

— *me conta um pouco de você.* — pediu.

coloquei o pano de prato no balcão.

— *de mim?* — apoiei os cotovelos. — *bem, é você quem deve ter uma porção de boas histórias.*

brindamos.

— *todo mundo tem uma boa história.* — ele apagou o cigarro.
— *posso tentar adivinhar a sua?*

— (divertida) *vá em frente.*

— (falando pausadamente) *teu sonho é ser atriz.*

— (rindo) *por que atriz?*

— *elas costumam ter essa presença luminosa.*

— *eu é que pensei que você era ator.*

ele riu.

— *sério.* — baixei os olhos. — *não, na verdade eu... não sei, se for pra sonhar? bem, eu queria mesmo era ser escritora.*

— *queria? ou Quer?*

dei um gole no vinho.

— *e o que você escreve?*

— *eu tenho um diário. há bastante tempo, na verdade. mais recentemente eu comecei a escrever uma história nele.*

— *uma nouvelle?*

— *um conto.*

— *ah! é sobre o quê?*

— *bem.* — suspirei. — *é sobre um menino que mora no campo com o tio e com a mãe. o pai está desaparecido. e ele tem uma vida conturbada em casa, é um garoto muito sensível. quer ser alguém, mas ainda não sabe como.*

— *olha só. parece ótimo.*

mordi os lábios.

— *eu posso ler um dia, se você quiser. tive algumas aulas de literatura na universidade.*

— *você estuda na Sorbonne, né?*

— (apertando os olhos) *Sim.*

— *qual é o seu curso?*

— *filosofia.*

— *não! sério?*

— *sério, claro. por quê?*

— (visivelmente exaltada) *é o curso que eu queria fazer.*

— *vou te trazer uns livros, então.*

— *não, não, imagine. não precisa se preocupar.*

meu coração batia forte.

— *e como é morar em Paris?* — apoiei uma das mãos no queixo.

— *é uma cidade maravilhosa, merece a fama que tem. mas confesso que às vezes me sinto um pouco solitário, especialmente quando chove. depois passa. Paris é uma cidade cheia de vida, ela te tira para dançar o tempo todo.*

— *que bonito.*

— *você vai ver.*

— (sorrindo) *como assim?*

— *no dia que você for pra lá.* — acendeu outro cigarro.
— *ainda mais sendo escritora.*

e seguimos

na trilha

da Conversa

o Ricardo era doce, mais do que imaginei.

dava pra entender por que a Dona Cíntia era louca por ele. eu mesma já estava ficando

com saudade

daquela Noite, divagamos sobre

Música, indiquei o programa do Beto Roberto, ele anotou em um caderno cinza. me explicou que andava sempre com ele, porque a sua memória era bastante inventiva. disse também que a presença de outras pessoas não lhe era fundamental, embora gostasse de ter amigos.

— *te entendo.*

— *ah, e tem também os cafés!*

— *os cafés!*

— *são muitos, e as mesas ficam todas na calçada.*

— *eu já vi nos filmes.*

— *com toldos vermelhos, o nome do lugar em dourado...*

— (sorrindo) *aham.*

— *Lá as pessoas leem jornal, livros, discutem política, filosofia, isso o tempo todo. não são alienadas, elas lutam pelo que acreditam.*

— *e aqui não?*

— *aqui também, claro. mas aqui é a minha casa, então eu percebo menos.*

foi quando caímos

em um silêncio que

tinha tudo para se tornar constrangedor, mas não foi o que aconteceu.

a pausa

se revelou um momento prazeroso

e até natural.

logo ele vai embora, Júlia

mentalizei

na calçada

enquanto nos despedíamos

com um aperto de mão que

acabou virando um

A b r a ç o.

Ed acordou num salto. Esfregou o rosto, abriu bem os olhos. Sonhara algo inconcebível, que o seu tio e a sua mãe eram amantes, a boca do garoto estava seca de tanto susto e horror. Saiu do quarto com cuidado, o corredor escuro. Foi até a cozinha, colocou o copo debaixo da torneira do filtro. Bebeu aos poucos, seu coração de ave ainda se debatia no peito, o sonho tinha sido muito real. Ed sentia medo até de passar na frente do quarto da mãe, para conferir se ela estava mesmo lá. De todo modo, ainda que estivesse em sua cama dormindo o sonho dos anjos, isso não provaria muita coisa, é claro que não. Ele guardou o copo usado no armário. Voltou para o quarto na ponta dos pés. Estava cansado de viver assim, em suspenso. O medo constante, as surras, o silêncio conivente da mãe. Por que ele simplesmente não dava o fora? Sério. Ele poderia pegar um trem rumo à cidade grande. E ser feliz, por que não? Ou tentar, não há problema nisso, tentar é ter alguma esperança e ali não havia nenhuma. Além do mais, além do mais, o que de pior poderia lhe acontecer na cidade que já não lhe acontecia dentro de casa? Ele tinha aprendido a Apanhar, e isso não era pouco, tem gente que não faz ideia de onde guardar o ódio depois de tudo, o menino sabia que era no forno, e o que deixaria para trás? A mãe, no máximo. Pois que deixasse, tanto silêncio assim em uma pessoa não está certo. O garoto se levantou da cama. Com a coragem renovada, pulou a janela do quarto. Antes de começar a correr, olhou para a sua casa pela última vez. Lembrou do blues que seu pai cantava no milharal e atravessou a noite, rumo à estação. Gritaria, se pudesse, gritou por dentro e a sua coragem cresceu.

bateram na porta do Quarto.

— *já vai.*

deixei meu diário na cama

abri

— *bom dia* — a viúva disse, carinhosa. — *tem um rapaz na recepção, ele quer falar com você.*
— *um rapaz?*
— *disse que se chama Ricardo.*
— *ah! é o filho da Dona Cíntia* — expliquei, não sem surpresa.
— *está te esperando* — ela avisou

descendo as escadas
com um sorriso quase imperceptível no rosto.

fechei a porta.

coloquei meu jeans, uma regata e a bota, ainda que fosse verão.
o que será que o Ricardo veio fazer aqui? bem hoje, na véspera do natal.

me olhei no espelho

eu estava um desastre

procurei

um batom ou

qualquer coisa pra usar

no rosto, não achei

nada

dei umas beliscadas na bochecha

tentei ajeitar

o cabelo

abandonei o espelho e

desci as escadas

o Ricardo estava sentado no primeiro degrau.

tinha uma mochila nas costas e vários livros na mão.

— *Oi.*

ele se virou. deve ter levado um susto. aquele dia no Café estava escuro. nos dois dias estava escuro. nossa, como eu odeio ser feia assim, na cara.

— *feliz natal* — ele disse, me entregando a pilha de livros.

— *caramba. feliz natal pra você também.*

— *são todos de filosofia e literatura.*

!

— *Ricardo, muito obrigada.*

— *escolhi os que pensei que você pudesse gostar. tem um aí que é matador.*

— *qual?*

— Cartas a um jovem poeta.

— *eu conheço, é realmente lindo. mas, sério, não precisava se preocupar.*

— *é um prazer.*

senti uma

vertigem. apoiei as costas na parede discretamente.

— *escuta.* — ele disse. — *eu estou de moto, não quer dar uma volta? a cidade está muito bonita.*

— *agora?*

— *agora, claro! você tem algum compromisso?*

— *puxa, na verdade eu... tenho, sim, umas coisas pra resolver.*

— *depois você resolve.*

— *é, Júlia, depois você resolve* — a viúva disse atrás do balcão da recepção.

— *não, eu... eu realmente preciso resolver agora.*

— *tem certeza?* — ele afastou o corpo pra mostrar a moto.
— *é uma Harley.*

— *não vai dar. mesmo, tá? me desculpe.*

— *bem, você que sabe.* — ele colocou o capacete.

me deu uma última olhada

depois subiu
na moto

Acelerou e

como eu entendia a Dona Cíntia agora!
o que era o mundo quando o Ricardo não estava?

— *por que você não foi?* — a viúva me perguntou, Desconcertada.

olhei pra ela com ternura.

— *não sei, eu.   não sei.*

Véspera, uma palavra que coloca

todo o seu coração no que virá.

quase posso tocar a sua pele de animal pequeno

que prepara o público

para a chegada do grande Animal

a qualquer momento, agora:

música

nas casas, luzes

na praça:

Véspera e

eu bati na porta

de mais um natal ao lado da minha mãe.

enquanto esperava ela me atender

percebi que o meu cheiro se acentuava, asas que crescem,
minhas penas ofertadas

para a antiga dona Vera vendedora de perfumes. foi algo
que ela fez depois do divórcio

e agora se sentava na calçada

só para sentir

a dama da Noite

plantada na fronteira de sua casa com a da Clotilde.

me preocupo com a senhora, mãe, e se vem um carro?

ela me respondeu que se vem um carro é porque chegou
a hora dela

e o que seria perder a minha mãe?

não é a mesma coisa que perder uma boa mãe

perder a minha

seria uma dor e um alívio cheio de culpa, então

até o alívio

se transformaria em Dor

e eu teria que me acostumar

com as minhas cicatrizes

órfãs de seu carrasco.

— *Mãe?* — bati na porta novamente

vi seu corpo se aproximar

de camisola, será que ela desistiu do natal?

abriu pra mim

não sem antes virar a chave diversas vezes.

há muito que perdemos o hábito de nos presentear

no entanto, naquela Noite

isso de alguma forma me pesou.

pensei em um

abraço? mas   as nossas distâncias eram tão longas
não a alcancei.

então imaginei uma flor

nas minhas mãos

e não é que ela entrou no jogo? recebeu

pelo caule

com volume e cheirou.

— *feliz natal.* — entrei

e ela me disse que a Clotilde tinha viajado.

não vi mesa posta

em lugar nenhum.

— *onde vai ser a nossa ceia?*
— *onde você quiser* — ela respondeu com um sorriso.

o que tramava? por que estava sendo tão gentil?

— *vou colocar na mesa da cozinha, então* — eu disse

estiquei a toalha xadrez que estava na segunda gaveta

Voaram

ciscos de pão.

— *desculpa, eu não fazia ideia de que a toalha estava suja.*

era quase inacreditável que estivesse suja
mas a minha mãe não ficou brava
a notei distraída, olhando o quintal.

varri
a chuva de pães antigos.

o que será que estava acontecendo com ela? Cansaço?

— *a Clotilde me trouxe um bolo.*
— *que bom. estava gostoso?*
— *ela sempre me traz um bolo.*
— *fico feliz que a senhora tenha uma amiga.* — me aproximei.
— *vamos comer?*
— (ainda olhando o quintal) *Sim.*

então ela
abriu o forno
tirou de lá um

Chester

— *mãe, eu não falei pra senhora?*
— *o quê?*
— *que eu estava tentando parar de comer carne.*
— *Júlia, desculpe, eu… Esqueci.*

sentamos caladas na mesa.

comemos e comemos
mas a carne parecia não ter fim

e talvez o inferno seja isto: uma cena que se repete
pelos séculos.

depois do jantar
ficamos assistindo a um show de natal na TV, mas
os cantores
não estavam cantando de verdade, *cadê a banda?*
e o rosto da minha mãe emanava uma luz angelical.

olhei no relógio.

— *preciso ir* — avisei, me levantando. — *meu ônibus só passa até as onze.*

— *por que você não dorme aqui?* — ela propôs.

e foi estranho, minha mãe nunca me convidou para ficar depois que eu me mudei.

— *não, não. eu vou pra casa.*

casa.

— *feliz natal, mãe.* — beijei
a sua testa

ela ficou imóvel
assistindo ao show

enquanto eu fechava a porta
sem barulho, minha mãe odiava os meus barulhos.

caminhei

pelas ruas da cidade

que agora era toda por dentro das casas luminosas.

cheguei no ponto

e quando o meu ônibus apareceu

o deixei partir

subi em outro

que me levaria

até a casa do meu pai.

é natal, pensei.

e ainda que ele estivesse acompanhado, eu

pediria licença

pra Ela

está na hora de

abraçar o meu velho, gostaria também de saber se as

esculturas avançaram

e

talvez

talvez meu pai esteja tão sozinho quanto eu.

desci do ônibus,

ventava.

na rua dele eu vejo carros
de polícia
a sua casa
interditada

Atravesso

as pessoas
os cones
as cordas

um policial me impede

é a casa do meu pai, grito

Sérgio Terra, Sérgio Terra é o seu pai?

é a casa do meu pai!, repito

o mesmo policial tenta
me conduzir
pelos ombros

Escapo

ele quase
me pega
no colo

Xingo

ele avisa

que a filha chegou.

estamos dentro de uma ambulância agora

que Sede

alguém tira

a minha pressão e o policial me diz, lentamente, a boca
larga, *eu sinto*
muito

e eu pergunto

pela décima vez o que está acontecendo

pela milésima vez

o que está Acontecendo, *pelo amor de Deus gente, cadê o meu Pai?*

Escritora

sonhei que um desconhecido me cercava com madeiras,
pra me incendiar.
minha mãe estava presente
na sala
mas não movia
um dedo
você viria me salvar se eu fosse o Sérgio, gritei.
ela me deu uma chinelada
na boca
que ardeu como se o meu rosto já estivesse em chamas.
então o Chinelo começou a percorrer
o meu corpo
me fazendo sentir um prazer
imensurável
a minha mãe ria, gargalhava

Acordei

desesperada, ainda bem que
as Esculturas do meu pai estão aqui, comigo.

levantei da cama, tomei água da pia.

tenho sonhado muito

com a minha mãe

mais do que gostaria de admitir.

contar pra ela

da morte do meu pai

foi a coisa mais difícil que fiz na vida, ela simplesmente não acreditava em mim.

disse que eu estava inventando histórias, que o meu lugar era na boca de um animal faminto

depois ela veio

pra cima de mim, segurei seu Corpo

Avisei, e os olhos dela cintilavam: *o enterro é amanhã.*

então ela abaixou a mão lentamente

se afastou, desnorteada

não foi

ao enterro

nunca mais tocou no assunto.

no Velório

a viúva Argentina não soltou da minha mão.

perguntei

em seu ouvido: *como você conseguiu sobreviver à morte do seu marido?*

e ela me disse que eu usei a palavra certa, Sobreviver.
avisei do acontecido no Café

mas ninguém do café apareceu.

no salão da morte
estavam os amigos da loja de material de construção
e outros
que eu não conhecia, todos lamentando
o Ocorrido
me dando
beijos
na bochecha, apertos
de mão.

— *que Tragédia, menina. eu sinto muito.*

todos nós
sentimos muito
e ainda assim não há nada que possamos fazer.

— *seu pai foi um grande homem.*

— *seu pai foi um homem bom.*

— *vão pegar*

o Desgraçado.

— *não dá*

pra ter sossego.

— *nem mesmo*

na própria casa.

não vi

a mulher de vestido de ouro, vi outras

vestidas de negro e

eu ficava olhando

pra porta constantemente

— *filha,*

você tá esperando alguém? — a viúva me perguntou.

passei no Sebas em uma noite

pra avisar o Maurício

do meu pai.

ele ficou arrasado com a notícia. disse que gostava muito
do velho.

— *eu sei. por isso vim te contar.*

— *mas o que aconteceu, Júlia?*

— *seu turno já tá acabando, não tá?*

ele fez que sim com a cabeça.

— *vamos dar uma volta?*

percebi que o Maurício estranhou o meu convite.

não éramos amigos

e eu costumava ser evasiva com ele, acho que nunca
ficamos sozinhos por mais de dois minutos.

acontece que

com a morte do meu pai

não sei, algo mudou em mim

eu ganhei o Impulso

das crianças corajosas

no parque

compreendi o óbvio (sempre ele)

que podemos morrer a qualquer instante

e enquanto caminhávamos

até o Patterson

o Maurício de cabeça baixa

eu olhando a Rua

contei

do Assalto, que meu pai devia ter ficado tão

surpreso que

acabou reagindo.

ele perguntou se eu sentia raiva, mesmo depois de tantos
meses.

expliquei, e as minhas mãos se mexiam mais que a boca,
expliquei que

àquela altura a única coisa que eu cultivava

era a Saudade

e também uma sede

de vida, já que na última vez que vi o meu pai ele estava
correndo atrás dos seus sonhos, tentando algo novo, e eu
gostaria de fazer o mesmo por mim.

seguimos em silêncio
até o pub.

quando entramos, estava tocando Lou Reed e eu não
pude deixar de sorrir.

— *meu pai adorava esse som.*
— *eu sei. às vezes eu colocava no Sebas pra ele.*
— *não vai me dizer que vocês dançavam.*

ele riu.

nos sentamos no balcão.
pedimos as nossas cervejas
Bebemos
uma atrás da outra
pelo meu Pai, por Nós.
foi quando o Maurício me contou que tinha um filho.

— *não brinca. ele mora com você?*
— *com a mãe.*
— *hum. eu sei como o seu garoto se sente, também sou filha de
pais separados.*
— *eu também!*
— (sorrindo) *e quem não é? o amor entre duas pessoas está
fadado ao fracasso.*
— *é uma visão um tanto pessimista das coisas, não acha?*

levantei o copo.

— *é a Vida, meu caro.*

— *escuta, você precisa voltar pra casa agora?* — perguntei
depois de um tempo.
— *não. por quê?*
— (pagando a conta) *é que eu tive uma Ideia.*

nos levantamos. peguei a sua mão, estava um pouco fria.

— *não solta.*
— *é uma ordem?*

Corremos

pelas ruas, o vento de fim de inverno cortava o nosso
rosto
e as pessoas abrindo espaço
pra gente
decerto se perguntavam por que corríamos tanto.

— *estamos fugindo da Morte, senhoras e senhores!*

o Maurício ria

— *eu não sabia que você era tão louca.*
— *Nem eu.*

chegamos suados e

barulhentos na

pensão.

a viúva nos espiou da sala de chá

dei-lhe um tchau

com os dedos.

subimos as escadas.

entramos

no Quarto

— *essas esculturas. elas são do seu pai?*

— *Aham* — respondi, alcançando

a boca dele

o Maurício lambeu

meu peito

com tanta Sede que

de repente me descobri belíssima como sonhei antigamente. fui beijada por todos os cantos

língua de vassoura pela casa e eu beijei

todo o sal e todo o pelo

cada pinta

e cada veia

foi quando

Desapareceu de mim
a pequeníssima pele
entre as pernas
tão transparente quanto as asas de um inseto.

Sangrou,

como sangram todas as perdas.

o Maurício me lambeu
a boca de baixo
me levando às alturas de um edifício antigo

e quando voltou
ao meu rosto

seus dentes estavam sujos
de sangue
as rugas mais fundas
na sombra
e eu pensei, sorrindo, que a Morte sempre dá um jeito de
nos encontrar.

enchi o copo do Vegas

que me pediu a quinta dose

ele também

estava passando por uma fase difícil

se apaixonou por uma mulher que não o queria.

— (choroso) *sinto muito pelo seu pai, Julinha.* — estava
sentimental como o diabo, misturava todos os assuntos

e quando eu comentei que já estava me sentindo

melhor

ele então voltou a reclamar do amor.

fiquei com vontade de

fazer a Pergunta

assim, à queima roupa: Vegas, você foi mesmo um
boxeador?

— *será que é porque sou feio? Hein, Julinha?*

— *o quê? você não é nada feio* — eu disse lhe entregando

outro conhaque

ele me sorriu sem esperança.

disse que estava farto, farto de ser para as mulheres um
coração em que elas podiam se deitar

e depois que se fortaleciam

ele via seus corpos sumirem na praça com belos vestidos,
quase sempre de mãos dadas com um novo amor.

— *ela sabe que você foi pugilista?* — tentei.

— *menina, menina. eu te juro que apanhei menos em qualquer
ringue da cidade do que nos braços dessa mulher.*

passei a mão em seu cabelo, ele encostou a cabeça na
minha cintura.

não, é claro que eu não perguntaria nada. que direito eu
tinha de invadir a sua história, mesmo que ela fosse uma
mentira?

ficamos assim, admirando o Cair da tarde.

sabíamos que a vida
ainda que fosse a nossa maior ruína
era também a nossa única salvação.

a Dona Cíntia era outra que não andava nada bem.

sentia muita falta

do filho

mas pelo menos agora ele lhe escrevia cartas

que ela carregava

pra cima

e pra baixo. depois de ler pela vigésima vez, lágrimas nos
olhos, enfiava os papéis dentro do sutiã.

confesso que

vê-la

nesse ato

sempre me dava

alguma esperança

quem sabe um dia

o Ricardo

me escreva uma linha também.

quando cheguei no cemitério, seu Farias o porteiro, me
disse: *quem dera todo mundo tivesse uma filha como você.*

acenei pra ele, pobre homem, não sabe que venho aqui
muito mais por mim.

o túmulo do meu pai fica perto da entrada, é só virar

à direita

e seguir em frente por um corredor de estátuas
melancólicas.

ao longe, um senhor lavava o muro com mangueira
motos do lado de fora soltavam o escapamento
um ou outro grito de criança
à vida. a vida.

me sentei no túmulo.

fiquei olhando a Foto do meu pai em preto e branco

depois abri

o diário

eu estava fazendo isto

lendo

pra ele

uns trechos da história de Ed

e sempre parava em um momento decisivo.

acho que estava fazendo bem pra nós dois.

antes de começar a leitura

pensei que na verdade não era só o meu pai que me
ouvia, mas

todos os túmulos próximos.

o bom é que na condição em que se encontravam (ou não
se encontravam? será que debaixo da terra os mortos fazem uma festa que ninguém vê?) já não podem reclamar.

comecei:

Amanhecia quando Ed chegou na estação. Minutos antes, ele tinha entrado sem roupa em um rio, para lavar o corpo, e agora precisava de dinheiro para comprar o seu bilhete. Pensou que poderia se oferecer para limpar a estação, o problema é que esse trabalho demoraria uma eternidade e ele não tinha tempo. Imagina se o tio inventasse de procurá-lo?

Foi quando o garoto teve uma ideia. Ele pegou no chão uma folha bem larga e foi se instalar em lugar movimentado. Posicionou o corpo e começou a cantar a única música que conhecia. Era sobre a terra e os olhos da mulher amada, seu pai costumava cantar esse blues enquanto trabalhava no campo com uma voz triste e profunda, como devia ser.

Ed era afinado, intuitivamente sabia disso, ainda que aquela fosse a sua primeira vez de voz no mundo. Ele tinha um timbre tão terno aos doze anos que isso conquistaria o coração das pessoas, porque falava diretamente com os meninos que moravam no coração das pessoas.

"Como chama essa música?", uma mulher perguntou para um homem ao lado dela.

"É uma canção da guerra", explicou outro homem. "Os soldados costumavam cantar esse hino quando tinham a sorte de voltar pra casa."

As pessoas começaram a depositar moedas na folha de Ed, começaram a se aproximar e a olhar para o rosto da música que ele estava cantando. No fundo, toda gente só queria mesmo era suspender o tempo, e por que não? Voar um pouco, esse poder de gelo e asa que arte sempre tem. O menino trabalhou por quarenta minutos para um público itinerante do entra e sai dos trens. Nos intervalos:

"Que música é essa?"

"Triste, mas doce também."

O menino ouviu os últimos aplausos, ofegante, e inclinou o corpo para agradecer. O público foi se dispersando, emocionado. Ed guardou as moedas no bolso. Depois correu até o guichê, pra comprar o seu bilhete.

"O trem para a cidade grande já está partindo."

Então ele correu pela plataforma, mostrou o tíquete para o rapaz de quepe. Ainda ofegante, sentou no banco de número doze, as-

sento na janela. Seu vagão não estava cheio e ao seu lado não tinha ninguém. Sorriu quando a máquina começou a se movimentar. Escutou o barulho, se espantou com a fumaça. Um trem, meu Deus, algo em que ele tinha se imaginado dentro apenas em seus sonhos. As árvores foram ficando para trás, outras iam chegando, e de repente Ed pensou na sua mãe. Teve um pesadelo, e isso era tudo. Sua hora de sonho sempre fora bastante vívida, se confundindo com a linha do real, talvez porque seus dias eram pálidos, não sei. O fato é que ele devia ter trazido a mãe junto, mas toda vez que tentava conversar com ela parecia que a mãe tinha sido engolida pelo silêncio e isso causava muita dor no garoto, dor e afastamento. Rumo à cidade grande, Ed pensou. Pois que fique mesmo tudo para trás, o trem tinha uma velocidade perfeita para isso, era rápido a ponto de deixar Ed seguro de que seu tio jamais o alcançaria, ao mesmo tempo que dava para apreciar bem a vista.

foi quando eu ouvi

um aplauso

?

— *é teu?* — me perguntou uma senhora.

— *Sim.*

— *no fundo, toda gente só queria mesmo era suspender o tempo, e por que não? voar um pouco. isso é muito bonito, menina. muito bonito.*

acompanhei o seu corpo se afastando

pela rua de estátuas que

engraçado

não me pareciam mais tão melancólicas. de repente elas ganharam contornos celestiais.

na sala de chá eu contei pra viúva
isto
que guardo há tanto tempo, estávamos deitadas
no tapete
contei
num sussurro: *acho que*
tem uma escritora aqui, dentro de mim.

e Ela, sem surpresa

— *não, Júlia. o que tem aí é uma artista.*
— *uma artista? não, não. artista eu não sou.*

e expliquei da dança
que fui expulsa, que tenho pedra
no lugar de pé, que
já desenhei em sulfite o irmão que eu gostaria de ter

e ela

— *não, não. você é uma Artista. pode voar, se quiser.*

e o meu sorriso escutando

então ela me contou o que sabia
do tal escritor que vive aqui na pensão.

— *ele se chama Fernando Peixoto. passa Horas trancado no quarto, é um doce, claro, você viu naquele dia. mas tão silencioso... nossa.*
— *ele deve usar tudo o que tem nos livros.*
— *será?* — ela disse, se virando

e eu vi a ponta
da sua tatuagem
entre os Seios.

ela percebeu o meu olhar.

afastou
o tecido da pele,

era o rosto
de um Marinheiro

— *não me casei com o amor da minha vida, Júlia.*

a confissão da viúva não saía mais da minha cabeça. meu Deus, por que sempre vamos adiando as melhores coisas da nossa vida?

peguei uma folha no diário.

escrevi, quase sem pensar:

Caro Peixoto,

Imaginei que o senhor talvez pudesse me ajudar. Me chamo Júlia Terra, sou sua vizinha, moro no quarto 31. Um dia, eu estava conversando com a viúva Argentina na recepção e o senhor passou flutuando. É um escritor, ela me disse, e fez todo o sentido, quem usa as palavras no papel vai ficando mesmo cada vez mais leve. O que preciso confessar: também escrevo, sou uma iniciante. E é claro que o senhor não me deve nada, não nos conhecemos, digo isso porque entendo perfeitamente caso o meu convite não seja aceito, e seguiremos assim, vizinhos distantes. Sem remorso, prometo. No entanto, não posso deixar de tentar. Gostaria de convidar o senhor para um café. Espero que não me leve a mal. Mas o fato é que eu nunca conheci um escritor em toda a minha vida para além dessa chama que sinto no peito e que ganha espaço conforme o tempo passa. Sinceramente, eu tenho muita curiosidade em saber um pouco mais sobre essa...

como posso chamar? Carreira? Ofício? Que não está em nenhum
manual de instrução.

Atenciosamente,

Júlia Terra.

deixei o bilhete debaixo da porta
e desci correndo
as escadas
assoprei um beijo pra viúva e ganhei
a rua
meu abajur interno estava aceso.
peguei o ônibus sendo olhada
por todos, era como se
de repente eu fosse Alguém.

o Maurício me esperava
na frente do belas artes.

— *que bonita* — comentou, me beijando

e sua boca estava seca.

— *você precisa beber mais água* — aconselhei.

ele assentiu.

assistimos a um filme italiano que o Beto Roberto recomendou, mas

eu não conseguia prestar atenção na história

só pensava

na Carta

e a cabeça do Maurício pesava no meu ombro, empurrei.

o que eu estava fazendo com esse cara, afinal?

eu sentia sono

toda vez que ele falava do filho

morria de tédio

quando ele começava a contar do seu dia no Sebas

ou da sua infância

no interior de Goiás.

é claro que o problema não era ele, o Maurício fazia o que estava ao seu alcance pra ser uma pessoa boa

e no fim das contas

ele não era nem só bom nem só mau, como a maioria de nós.

quando o filme acabou, ele disse que queria comer alguma coisa no Patterson.

olhei para o seu rosto eternamente cansado.

— *acho que estamos indo rápido demais* — avisei.

ele ficou confuso, acusativo.

— *foi você que me procurou.*
— *eu sei, mas as coisas estão tomando outro rumo agora.*
— *que rumo?*
— *Maurício, eu acabei de enterrar o meu pai!*
ele disse que eu estava misturando tudo.

— *exatamente. por isso preciso de um tempo sozinha.*

e comecei a caminhar
de volta pra casa

ele foi me seguindo

pegou o ônibus
comigo, sentou
no banco de trás.

desci
e ele desceu
na sombra dos meus passos

— *chega. agora Chega.* — sentenciei
na porta da pensão,

ainda assim.

eu senti uma presença

debaixo da minha janela

por toda a noite

feito um cão.

---

hoje em dia, costumo chegar no Café em cima da hora, já praticamente servindo um expresso na mesa tal, mas eu estava ansiosa demais naquela manhã

precisava ocupar a cabeça

com coisas práticas

jogar água do balde

no chão da cozinha

lavar, varrer

até a calçada, as paredes

me aproximei do Café

com esse intuito

e a porta estava entreaberta.

a Dona Cíntia deve ter chegado, pensei.

fiquei feliz, ela andava distante ultimamente.

quem sabe agora, com o Café vazio, nós conseguiríamos conversar um pouco

e antes que eu pudesse chamar pelo seu nome vi primeiro as costas dela

nuas

por cima de um corpo que eu conhecia

Vegas?

]me Escondi
        atrás da porta

]Sim,
        era o Vegas!

tive certeza pelo tom
lamurioso
dos gemidos
o mesmo que ele usava pra dizer Julinha isso, Julinha
aquilo

]espiei
        novamente, meu Deus
            não acredito!

só espero que eles não estejam fazendo isso por
desespero.

]

Saí

   do Café

      flutuando de tão silenciosa

e
voltei
pra pensão
atordoada, quase correndo.

a gente pensa que conhece as pessoas
a gente se apega ao que imaginamos que conhecemos delas
mas no fim o que cada um constrói com o outro
quando não estamos no recinto
é um Mistério.

— *Júlia* — a viúva me chamou.
— *esqueci uma coisa.* — menti, não queria conversar

subi as escadas
rapidamente

entrei

no Quarto e pisei

em algo, um envelope

Timbrado

sentei na cama, que rangeu.

não, não era de Paris.

então

só pode ser do...

respirei fundo. uma, duas, três vezes.

pensei em ligar o rádio, tomar um banho, dormir um
pouco

Abri:

Senhorita Júlia,

*Seu nome carrega a força de uma personagem de Strindberg, mas
isso é mérito de seus pais. Quero dizer que só pela sua carta, minha querida, ainda que você não tivesse me contado nada, eu
soube: Há uma escritora no quarto 31.*

*A senhorita mencionou que já me viu passando (ou flutuando, o
que me deixou enrubescido!). Pois eu também tenho uma história
para lhe contar. Dia desses, tive o prazer de observá-la na biblioteca municipal. Era uma quarta-feira, se não me engano. Depois*

de escolher um livro, a senhorita se sentou em uma mesa larga e solitária. Ficou ali, concentrada, seus olhos não desviaram da página nem por um segundo.

Sabe, minha querida, para se tornar um escritor (ou um artista) a devoção é o ingrediente fundamental. Além da paciência, é claro, mas há camadas e camadas de paciência na palavra devoção.

A senhorita está certa quando diz: não há manual para se tornar um escritor (ainda bem, que desastre seria se houvesse!), mas através da sua carta eu pude perceber que a senhorita carrega tudo o que precisa para se tornar uma escritora.

Aposto que está se perguntando: então por que ainda não sou? Bem, a resposta é simples. Basta que a senhorita decida dentro de si. Levante o rosto de suas dúvidas (e dores!) e comece a caminhar em direção a seus sonhos. A estrada será tenebrosa, dificílima, amarga e até impossível em muitos momentos, não vou mentir. Mas é importante dar um passo, ainda que seja mínimo, em direção à sua arte, diariamente. Saiba que os artistas têm as horas a seu favor, eles não sentem solidão quando estão criando, são os meninos dos olhos do Tempo e, por terem o afeto desse Deus, são os únicos que conseguem vencê-lo, ainda que simbolicamente.

Faça isso, minha querida, se autorize. Daqui a uns anos, quando olhar para trás, vai perceber, orgulhosamente, que está cada dia mais perto do seu coração selvagem

bateram na porta
me Acordando, deixei

a Carta na cama.

abri, me sentindo uma (((astronauta)))

ou qualquer coisa sem pés no chão.

— *telefone pra você, meu amor.*
— *pra mim?*
— *é, parece que o seu está fora do gancho.*
— *mas quem é?*
— *uma senhora, não deu pra ouvir o nome, eu estava conversando com o Ivan sobre o aluguel.*

descemos as escadas.

— *tá tudo bem?* — ela me perguntou.
— *Tá, sim.* — Sorri.

puxei o fio para o canto do balcão.

— *alô?*

— *Júlia?*

— *ela.*

— *é a Clotilde, menina.*

— *Ah! nossa,*
como vai a senhora?

— *vou bem, graças a Deus.*
tá podendo falar um minutinho?

— (apertando o telefone) *claro.*

(vozes ao fundo)

— *aconteceu alguma coisa?*

— *aconteceu, sim, viu, Julinha,*
uma coisa muito estranha.
a sua mãe, ela
se perdeu.

— como assim se perdeu?

— foi agora há pouco lá na rua da farmácia.
mas pode ficar tranquila
ela já está aqui com a gente, viu, menina
tá descansando no meu quarto.
porque pra mim isso é cansaço
a sua mãe não para um minuto.

— mas o que aconteceu, Clotilde? eu não entendi.

— é que o meu marido, você conhece o Tonho?

— conheço, claro.

— ele foi na farmácia
comprar o meu remédio
de pressão.

(vozes)

— *deixa eu falar.* (aborrecida) *você quer falar?*
então deixa eu falar.
(outro tom) *aí quando ele chegou*
lá na farmácia
ele viu a sua mãe
completamente perdida.

— *lá dentro?*

— *coitada.*

— (impaciente) *dentro da farmácia, Clotilde?*

— *não, não, na frente.*
a Vera tava na frente
não é isso, Tonho?

(vozes)

— *parecia uma Turista.*

— *ela estava passando mal?*

— *pois é, foi o que o Tonho perguntou*
mas a sua mãe não respondeu.
aí ele pegou no braço dela
pra ajudar, né, filha.
e ela foi agressiva com ele,
não foi, bem?

(vozes)

— *ele pensou até*
que ela estava embriagada
Deus que me perdoe!
sei que a sua mãe não é disso.

— *Clotilde, eu tô indo praí, tudo bem?*
minha mãe tá dormindo?

— *aí o Tonho correu aqui pra casa.*
tava b r a n c o, parecia uma cera.

(vozes)

— *tava branco, sim, homem. vou mentir?*
ele veio me chamar pra acudir a sua mãe.
pois eu fui na mesma hora,
e quando eu vi essa mulher na calçada,
valha-me Deus.

— *o quê?*

— *ai, menina.*

— *ela tá machucada?*

— não, não é isso.
não é isso, filha
como eu posso explicar?
quando eu vi
a sua mãe na calçada, bem, era ela ali
é claro que era, mas
ao mesmo tempo
não sei, Júlia
parecia que a sua mãe não estava lá.

entrei no quarto da Clotilde, tudo escuro apesar de
ser manhã

e um cheiro
forte de tricô
misturado com a porcelana
das bonecas espalhadas
pela cômoda.

minha Mãe estava deitada
de barriga pra cima
na cama estrangeira, senti medo
de perdê-la
antes mesmo de
tê-la

— *Mãe?*

— (se virando pra mim) *Sérgio*?

— *sou eu, Mãe. a Júlia.*

— *Sérgio!* — ela disse

tentando alcançar

minha boca

tentando alcançar

minha boca

deixei.

Agradecimentos

à minha Família, Evandro, Marilú, Vivian e Kaká,
pelo Apoio incondicional.

ao Tiago Juliani, pelo Colo, Ombro e primeiras leituras.

à Lucia Riff, por me dar a Mão e dividir comigo a sua
Experiência.

às leituras e Amizade de Lisley Nogueira e Daniel Lima.

aos Poetas Stefanni Marion e Rafael Cavalcanti, pelas
trocas Inspiradoras de cartas, cafés e flores mortas.

à leitora Aline, que sem querer me mostrou o Título
desse livro.

ao Emilio Fraia, pelo Acolhimento e pelo almoço,
em meados de 2018.

às minhas editoras, Camila Berto e Stéphanie Roque,
que me lembraram da Força e do Prazer de trabalhar
em grupo.

às minhas preparadoras de texto, Ciça Caropreso
e Lucila Lombardi, pela Sensibilidade.

à Companhia das Letras, por receber minhas palavras
magras
em um Barco.

aos meus Leitores,
especialmente. por me darem o Tempo
e os Olhos
nas páginas que escrevo.

com Amor,
Aline.

1ª EDIÇÃO [2021] 17 reimpressões

ESTA OBRA FOI COMPOSTA PELO ACQUA ESTÚDIO EM MERIDIEN
E IMPRESSA EM OFSETE PELA LIS GRÁFICA SOBRE PAPEL PÓLEN DA
SUZANO S.A. PARA A EDITORA SCHWARCZ EM NOVEMBRO DE 2024

A marca FSC® é a garantia de que a madeira utilizada na fabricação do papel deste livro provém de florestas que foram gerenciadas de maneira ambientalmente correta, socialmente justa e economicamente viável, além de outras fontes de origem controlada.